ハヤカワ文庫 SF
〈SF1486〉

ロボットの時代
〔決定版〕

アイザック・アシモフ
小尾芙佐訳

THE REST OF THE ROBOTS

by

Isaac Asimov

Translated by
Fusa Obi
Published 1984 in Japan by
HAYAKAWA PUBLISHING, INC.
This book is published in Japan by
arrangement with
DOUBLEDAY & COMPANY, INC.
through TUTTLE-MORI AGENCY, INC., TOKYO.

ダブルデイ社における
わたしの強力な支持者である
ティム、トム、そしてディックに

目次

序 *9*

第1部 ロボット登場

AL76号失踪す *Robot AL-76 Goes Astray* *21*

思わざる勝利 *Victory Unintentional* *48*

第2部 ロボット工学の諸原則

第一条 *First Law* *91*

みんな集まれ *Let's Get Together* *99*

第3部 スーザン・キャルヴィン

ロボットの時代〔決定版〕

序

　ひとつ作家の悪夢というやつをお聞かせしようか？

　ここにかなりの名声を有し、大文豪と自負する作家がいると思っていただきたい。彼には妻を授けよう、小柄な婦人でひとかどの作家だが、むろんかの偉大なる素晴らしき夫君には彼女自身の目から見ても世間から見ても、あるいは（ここがいちばん肝心なところだが）夫の目から見ても、足もとにも及ばない。

　ところがこの小柄な夫人が、ある座談の行きがかりから、その場の話題を小説に書きたいと言いだしたと思っていただきたい。すると大文豪はやさしい微笑をうかべてこう言う。

「いいとも、おまえ。すぐにお書き」

　そして夫人は書く、本になって出版される、それが一大センセーションをまきおこす。

その結果、夫の大文豪は世界的に大文豪と認められているものの、作品が不朽の名作となったのは——事実その作品の標題は代名詞となった——夫人のほうである。

人並みに自負心のある職業作家にとってこれほど忌まわしい事態があるだろうか。

ところでこれは作り話ではない。実話である。じっさいにあったことなのだ。

大文豪とはパーシー・ビィッシュ・シェリー、かの偉大な英国抒情詩人の一人である。二十二歳のときメアリ・ウルストンクラフト・ゴドウィンと駆落ちをし、この出来事はロマンティックだったけれども、シェリーに妻があったのでいささか穏当ではなかった。

これが世間に知れるところとなり二人は英国を離れ、一八一六年の夏、スイスのジュネーヴ湖畔に住む同じく大詩人の悪名高き紳士、ジョージ・ゴードン・バイロン卿のもとに身をよせた。

当時、科学界は騒然としていた。一七九一年イタリアの物理学者ルイジ・ガルバーニが蛙の筋肉に二つの金属片を同時にあてると痙攣《けいれん》を起こすことを発見し、生物の筋肉組織に〈動物電気〉があるらしいと推測した。この学説はもう一人のイタリアの物理学者アレサンドロ・ボルタによって論駁《ろんばく》された。生きている、あるいは生きていた筋肉組織がなくとも、異なる金属を並置することによって電流を作りだしうることを彼は実証した。ボルタは最初の電池を発明し、ついで英国の化学者ハンフリイ・デイヴィが一八〇七年と一八〇八年の二年間に、いまだかつてない強力な電池を作り、それによって非電気時代の化学者には不可能だった各種の化学反応の実験に成功した。

電気はしたがって動力の代名詞となった。ガルバーニの動物電気説はボルタの研究によって一挙に粉砕されたとはいえ、しかし一般の人々にはそれは魔法のようなひびきをもっていた。電気と生命の関係に対する関心は深かった。

ある晩バイロン、シェリー、メアリ・ゴドウィンらが一座に集《つど》い、電気によって生命を創造することはできないものかと話しあっているうちに、メアリの胸にそれをテーマとする空想物語を書こうという考えがうかんだ。バイロンとシェリーは賛成した。じつは彼らも、その小さな集いのひそやかな慰みに空想小説を書いてもよいと思ったのだ。

メアリのみがこれを実行した。シェリーの最初の夫人が自殺した年の暮、シェリーとメアリは結婚できることになって英国へ戻った。メアリ・シェリーの小説は一八一七年英国で脱稿し、一八一八年に出版された。話の筋はこうである。解剖学を専門とする青年科学者が、研究室である生き物をつくりだし、電気によって生命を吹きこむことに成功した。その生き物は（名前はない）身の丈八フィートの怪物で、見る者を失神させるほど恐ろしい顔をしていた。

怪物は人間社会に受けいれられず、悲惨にも科学者とその愛する者たちに襲いかかる。科学者の縁者は（彼の花嫁も含め）次々に殺され、最後に科学者も横死をとげる。怪物は荒野へさまよいだしておそらくは野たれ死にをするのだろう。

この小説は当時一大センセーションをまきおこしたが、いまなおセンセーションをまきおこしつづけている。シェリーが一般の人々のあいだにより大きな行跡を残したことには疑問の余地はない。だが、文学の徒にとってシェリーはパーシー・ビィッシュであろうが、こころみに道行く人を呼びとめて、『アドネイース』や『西風の賦』や『チェンチ一族』を知っているかと訊いてみるがいい。おそらく、その名を知る者はいるにはいても、聞いたこともないと答える者のほうがはるかに多いだろう。では彼らに『フランケンシュタイン』を知っているかと訊いてみるがいい。

『フランケンシュタイン』はシェリー夫人の小説の題名であり、怪物をつくった青年科学者の名前である。以後フランケンシュタインのような人といえば、創造主を殺してしまうものをつくりだす人物の代名詞になった。「わたしはフランケンシュタインの怪物をつくってしまった」という慨嘆は今日では諧謔《かいぎゃく》的な意味あいで用いられる常套句になった。『フランケンシュタイン』は少なくともある意味では成功だった、なぜならそれは人間の永遠の恐怖であるところの――危険な知識への欲求を如実に示すものだからである。フランケンシュタインはファウストの変身であり、彼の知識の探究は人間のためのものではなかった――そして彼はメフィストフェレス的な応報天罰神《ネメシス》を創りだしたのだ。

十九世紀初期においてフランケンシュタインが禁断の知識の領域を踏みあらしたことの意味合いははっきりしている。人間の進歩した科学は生命のないものに生命を吹きこむことはできるかもしれない、しかし人間の及ぶかぎりの力をもってしても魂を創りだすことはできない、なぜならそれは神の占有する領域だからだ。したがってフランケンシュタインは魂のない知的生物をつくるのがせいぜいだったのだが、このような野望は悪であり最大の罰を受けるのが当然である。

だが人間の進歩する知識と発展する科学に対する神学的〈汝《なんじ》なすなかれ〉の障壁は、時代の推移にしたがって崩れさっていく。産業革命がひろがり浸透し、ファウスト的モチーフは、進歩に対する楽天的な信仰や、否応なく実現しようとしている科学の生みだすユートピアに、しばし道をゆずったのだ。

この夢は、嗚呼《ああ》、惜しくも第一次世界大戦によって叩きつぶされた。あの戦慄すべき大破壊は、科学は所詮人類の敵になりうるのだということを実証した。新しい爆薬が生産されたのも、それらをかつては安全であった非戦闘区域へ輸送すべく飛行機や飛行船が建造されたのも、すべて科学の力によるものだ。ことに塹壕を恐怖のるつぼと化してしまう、あの毒ガスを生みだしたのも科学だった。*

その結果として悪魔的科学者、あるいは愚かな瀆神《とくしん》的科学者が、第一次大戦後のSFの立役者となった。

戦後まもなくこのモチーフをもったきわめてドラマティックな例があらわれて、大きな影響をあたえ、ふたたび疑似生命の創造時代がめぐってくる。それはチェコの作家カレル・チャペックによる戯曲『R・U・R』である。一九二一年に脱稿し、一九二三年に英語に翻訳された。R・U・Rはロッサム・ユニバース・ロボット社の略である。フランケンシュタインと同じようにロッサムは人造人間製造の秘密を発見する。創られたものは労働者というチェコ語にもとづいてロボットと名づけられた。この言葉は英語に入って定着してしまった。

ロボットは、その名の示すごとく労働者を意図して作られたのだが、すべてが狂ってしまう。モティベーションを失った人類は繁殖しなくなる。政治家はロボットを戦争に使うようになる。ロボットは反乱をおこし、人類に残されていたものを破壊し、世界を征服する。

ふたたび科学的ファウストがメフィストフェレス的創造物によって破滅させられてしまったのだ。

一九二〇年、サイエンス・フィクションははじめて大衆文芸の地位を築き、ヴェルヌやウエルズらの大文豪の余技ではなくなった。SFの専門誌があらわれ、SF作家が文壇に登場した。

そしてSFの主なプロットのひとつはロボットの創造であり――これらはたいてい鉄でできた魂も感情もない創造物として描かれた。ここでもフランケンシュタインとロッサムのあまりにも有名な行為と最後の運命が影響をあたえ、プロットは変わりばえのしないモチーフをくりかえした――ロボットが作られ、創造主を破滅させる、ロボットが作られ、

創造主を破滅させる、ロボットが作られ、創造主を破滅させる――

一九三〇年代、わたしはSFの読者となったが、何百回となくくりかえされるこの陳腐な筋書きにほとほと嫌気がさした。科学に関心をもつ者としてわたしは科学に対するファウスト的解釈に憤懣《ふんまん》をおぼえた。

知識はたしかにそれ自体危険をはらむ、しかし危険に対する反応が知識からの後退であってよいものだろうか？　われわれは猿に還《かえ》り、人間の精髄を失おうとしているのか？　それとも知識はそれがもたらす危険をふせぐ防壁として用いられるのだろうか？

換言すればファウストはたしかにメフィストフェレスに出会わねばならないが、しかしファウストは破滅させられるべきではないのだ。

ナイフには安全に握れるように柄《つか》がついている、階段には手すりがあり電線は絶縁されており圧力鍋には安全弁がついている――どんな人工物にも危険を最小限にとどめるための考案がされている。むろんその安全装置が、宇宙の本質、人間の頭脳の性質から生ずる限界によって不充分なこともある。だが努力はなされているのだ。

ではロボットを単なる人工物として考えてみよう。それは決して神の領域をおそれげもなく冒したものではなく、ほかの人工物と同様のもの、あるいはそれ以下のものだ。もしロボットは機械としてできうるかぎり安全なものとして設計されねばならない。ロボットがいちじるしく進歩して人間の思考過程を模倣できるようになれば、それらの思考過程の性質というものは人間の技師によって設計されるのだろうし、安全装置も組みこまれるだろう。安全装置は完璧（とはなにか？）ではないかもしれないが、人間の智恵の及ぶかぎり完全なものになるだろう。

わたしはこれらの考えをもとに一九四〇年、わたし自身のロボット物語を——ただし新機軸のロボット物語を書きはじめた。わたしのロボットは創造主にむやみに反抗したり、ファウストの罪と罰を具現してみせるような退屈な行為は、決して決してしない。ナンセンス！　わたしのロボットは技師によって設計された機械であり、冒瀆者によって作られた模造人間ではなかった。わたしのロボットは完成の瞬間から彼らの〈頭脳〉に存在する論理的指針に従って反応した。

とはいうものの、わたしの初期の作品ではロボットがしばしば道化ものとして描かれていることは認めねばなるまい。あたえられた仕事を忠実に果たすだけのまったく無害な存在として描いた。彼らは人間に危害を加えることはできず、むしろ〈フランケンシュタイン・コンプレックス〉（わたしのいくつかの作品にこの言葉を使った）に毒された人間、哀れな機械をきわめて危険な存在だとかたくなに思いこんでいる人間に苦しめられた。

その一例が「AL76号失踪す」で、これはアメージング・ストーリーズの一九四二年二月号に掲載された。

＊　第一次世界大戦においては科学はファウスト的役割を果たしたが、そうした役割も第二次世界大戦と冷戦においては無意味なものとなってしまった。水爆や細菌を使うような戦争では毒ガス攻撃は単に不便な手段にすぎない。

第1部　ロボット登場

ＡＬ76号失踪す

Robot AL-76 Goes Astray

ジョナサン・クエルは縁なし眼鏡の奥の目を不安そうに細めながら〈営業部長〉の札のかかっているドアからとびこんできた。折りたたんだ書類をデスクにばんとおき、あえぎあえぎ言った。「これ見てくださいよ、ボス」

サム・トービーはくわえた葉巻をこちらの頬から向こうの頬へ器用に移動させ、そして見た。無精ひげの生えたあごに手がいき、ざらざらとこすった。「なんだと！」大声でどなった。「やつら、なにを言っとるんだ？」

「ＡＬロボットを五台受けとったと言っているんです」クエルは、まったく不必要な説明をした。

「こっちは六台おくったんだ」とトービーは言った。

「そう、六台！　だけどあっちじゃ五台しか受けとっていないんです。通し番号を言ってきましたが、ＡＬ76号が抜けてます」

トービーは椅子をうしろにひっくりかえしながら巨体を持ちあげ、機械油を塗った車輪の上に乗っているようにドアを出ていった。それから五時間後に——工場の組立て室から真空室にいたるまでしらみつぶしの捜査が行なわれ、二百人の工場従業員が厳しい訊問でとっちめられた後に——髪をふりみだし汗だくになったトービーはようやくスケネクタディにある中央プラントに緊急連絡を送った。

そして中央プラントではパニックに近い大騒ぎがとつじょ出来《しゅったい》した。ロボットが外界に逃げだしたのは、ＵＳロボット＆機械人間《メカニカルマン》株式会社が創立されて以来はじめての事件だった。地球上ではロボットが会社の認可工場の外に出ることは法律で禁止されているが、それはどうということはない。法律はいくらでも曲げられる。それよりもっと核心をついていたのは研究員である一人の数学者の発言だった。

彼はこう言った。「あのロボットは月面で砕解機《ディシント》を操作するために作られたんです。あれの陽電子頭脳は月面の環境に適応するようになっている、月面の環境だけに。地球上であれば、あれは七十五アンプティリオンもの感覚印象にさらされることになりますが、それを受けとめる器官はあれにはまったくない。あれがいったいどういう反応をするか見当がつきません。見当も！」そう言うと彼はふいににじみだした額の汗を手の甲で拭《ぬぐ》ったのである。

一時間たらずして、一台の成層圏飛行機がヴァージニアのプラントに向かって飛びたった。指令は簡単だった。

「あのロボットをつかまえろ、それも大至急！」

ＡＬ76号は混乱していた！　じっさい混乱というのが、デリケートな彼の陽電子頭脳がとらえた唯一の印象だった。それは、この奇妙な環境にいる自分を発見したときにはじまった。どうしてこんなことになったのか彼にはもうわからなかった。なにもかもごちゃごちゃしていた。

足の下には緑があり、褐色の長い棒があたり一面に立ちならび、棒のてっぺんにはさらに緑があった。そして黒いはずの空は青かった。太陽は大丈夫、丸く黄色くて熱い――だが足の下にあるはずのくずれやすい軽石はどこだろう？　絶壁のような巨大なクレーターの環はどこにあるのだろう？

ただ足の下は緑、頭上は青ばかりだ。周囲の物音はどれも異様だ。腰までとどく水の流れを渡った。それは青く冷たく湿気があった。ときどき人間とすれちがうけれども、彼らは着ていなければならない宇宙服を着ていなかった。そして彼を見ると大声をあげて駈けだした。

一人の男は彼に銃を向け、銃弾がひゅうと音をたてて頭をかすめていった——それからその男も走りだした。

どれくらいのあいださまよい歩いていたのかわからないけれども、とうとう、ハナフォードの町から二マイルはなれた森の中にあるランドルフ・ペインの小屋を彼は偶然見つけたのだった。ランドルフ・ペインはといえば——片手にねじまわし、もう一方の手にパイプ、膝のあいだにこわれた掃除機をかかえ——戸口の前にしゃがみこんでいた。折しもペインは鼻唄をうたっていた、というのも生来がのんきなたちだったからだ——この小屋にいるあいだはの話だが。ハナフォードにはもっと立派な住居があるのだが、そこには細君がわがもの顔にのさばっており、それについてはひそかに悔むことしきりだった。だからときどきこの〝特別デラックスの犬小屋〟に閉じこもると、のびのびした開放感が味わえる、ここならやすらかな気持でパイプも吸えるし、家庭用品の再生という趣味にも没頭できた。

趣味というほどのものではないが、ときどきだれかがラジオや目ざまし時計をもってくるので、その中身をちょいちょいと手ぎわよく直してやってお礼に金をもらうのだが、この金だけが、配偶者のしみったれな手をいちいち通さずに入ってくる金なのだ。

たとえばこの掃除機の修理代は七十五セントは軽いだろう。

そう思うとつい鼻唄が出てきたのだけれど、顔をあげたとたん冷や汗が出た。唄はぴたりとやみ、目はとびだし、汗はいよいよはげしく噴きだした。立ちあがろうとした――脱兎のごとく逃げだそうとしたが――脚は協力してくれなかった。

するとかれのとなりにしゃがみこんだＡＬ76号がこう言った。「あの、どうしてみんな走っているんです？」

なぜみんな走っているのかペインはよく知っていたが、横隔膜から発したごろごろという音では、それを相手に伝えられなかった。彼はロボットからほんのわずかでもはなれようとした。

ＡＬ76号は不服そうな口調で言葉をついだ。「わたしを撃った者もいた。あと一インチ低かったら、ショルダー・プレートにひっかききずができたところです」

「そーそいつは、きーきがくるったんだろう」とペインはどもりながら言った。

「それはありうる」ロボットは内緒めいた口調になり、「ねえ、なにもかも、どうしちゃったんです？」

ペインは急いであたりを見まわした。ロボットは見たところ、ずっしりした、まぎれもない鉄のかたまりなのに、話す声音《こわね》はひどく穏やかなのに彼は気づいた。それからロボットというものは頭脳の構造上、人間に危害を加えることができないとどこかで聞いたことを思い出した。彼はちょっと気が楽になった。

「なにもおかしなところはないぜ」

「ないですって?」AL76号はとがめるように彼を見た。「あなただってまったくおかしいな。宇宙服はどうしました？」

「そんなものはもってないよ」

「じゃあなぜ死なないんです？」

ペインは言葉につまった。「そりゃ――わからないね」

「ほら！」とロボットは得々と言った。「なにもかもどこかおかしい。コペルニクス山はどこです？ルナ・ステーション17はどこです？わたしの砕解機はどこなんです？わたしは働きたいんです、ほんとうに」ロボットはおろおろしたように、震え声でつづけた。「わたしの砕解機がどこにあるのか教えてもらおうと思ってもう何時間も歩きまわっているのですが、みんな逃げるばかりで。もうすっかり予定が遅れてしまって、課長はかんかんに怒っているでしょう。これはまったくえらいことですよ」

ペインは頭のなかのごたごたをようやく整理してこう言った。「ねえ、みんなはきみをなんと呼んでいるんだい？」

「わたしの番号はAL76号です」

「よし、じゃあ、アルでいこう。さてと、アル、きみはルナ・ステーション17を探していると言ったが、そいつは月にあるんだぜ？」

AL76号は重々しくうなずいた。「もちろん。でもさっきからずっと探しているのですが――」

「でもそれは月にあるんだ。ここは月じゃない」

混乱してしまったのはこんどはロボットのほうだ。ペインをじっと見つめたのち、ゆっくりと言った。「ここが月じゃないってどういう意味です？　ここは月にきまっている。だってここが月じゃないなら、いったいどこですか、え？　答えてもらいたい」

ペインは喉の奥で奇妙な音をたて、はげしく息を吸った。ロボットに指を突きつけ、その指を振った。「あのなあ」と言いかけたとき――それこそ今世紀はじまって以来最高の妙案がひらめいたので、思わず締めつけられたような「ムムッ」といううめきでしめくくったのである。

ＡＬ76号は非難がましく彼を見た。「それは答えではありません。礼儀正しい質問をしたら礼儀正しく答えてもらう権利があると思います」

ペインは聞いていなかった。自分の思いつきにただただ感服していたのだ。いやまったく、お日さまみたいにはっきりしている。このロボットは月で使うために作られたやつで、それがどういうかげんか地球でさまよいだしてしまったのだ。頭がこんぐらかるのは当然だろう、だってこいつの陽電子頭脳はもっぱら月の環境に適応するように調整されているのだから、地球の環境はまったく意味をなさないのだ。

だからこのロボットをここに引き止めておければ――ピーターズボロの工場の連中に連

絡をとるまで。なにしろロボットは金がかかっているから。いちばん安いやつでも五万ドルはかかっているとか聞いている、中には何百万ドルにもなるやつもあるそうだ。賞金を考えてみろ！

うひゃあ、わお、賞金を考えてみろ！　そいつが一セントのこらず自分のものになる。かけた五セント玉のかけらの、そのまたかけらだって女房のミランディのものじゃないんだから。はねあがって泣こうがわめこうが、わたさないぞ！

彼はとうとう立ちあがった。「アル」と彼は言った。「きみとぼくは仲間だ！　相棒だ。かわいい弟みたいな気がするな」彼は手をさしだした。「握手だ！」

ロボットはさしだされた手を金属の手でそっと握った。彼にはよくわからなかった。「じゃあ、ルナ・ステーション17への行き方を教えてくれるんですね？」

ペインはちょっとまごついた。「いーいや、そういうわけじゃないが。じつを言うと、きみのことがとっても気に入っちゃってね、しばらくここにいてもらいたいんだ」

「いえいえ、そういうわけにはいきません。仕事にとりかからなくてはならない」ロボットは首を横に振った。「時々刻々と自分のあてがわれた仕事に遅れが出るとしたら、おちおちしていられますか？　わたしは仕事がしたいのです。働かなくてはなりません」

蓼《たで》くう虫も好き好きだなとペインは苦々しく思った。「ようし、それなら説明してやろう——きみの様子から察するところ頭はよさそうだから。きみのところの課長から指令があってね、しばらくはきみをここへ引き止めておいてくれとたのまれたんだ。あっちから迎えにくるまでだってさ」

「どうしてです？」とＡＬ76号は怪しむように言った。

「それは言えない、政府の機密事項だからね」ペインは内心、ロボットがうのみにしてくれるようにと必死で念じた。ロボットの中には頭のいいやつもいるが、こいつは初期のモデルらしい。

ペインが念じるあいだ、ＡＬ76号は考えた。月面で砕解機を操作するように調整されている陽電子頭脳は抽象的な思考に向かうと能力を発揮しきれないが、そうはいっても迷子になってからというもの、ＡＬ76号は自分の思考のプロセスがおかしくなっているのに気がついていた。異境の環境が頭脳に影響を及ぼしたのだ。

次に発した彼の言葉は、狡猾といってよいほどだった。なにくわぬ調子でこう言った。

「わたしの課長の名前は？」

ペインはごくりと唾をのみこんでいちはやく頭を回転させた。「アル」と嘆息まじりに彼は言った。「ぼくを疑うとは嘆かわしいよ。名前は言えないんだ。木にも耳があるからね」

ＡＬ76号はすぐそばの木をのろのろと眺めまわしてこう言った。「耳はない」

「そりゃそうだ。つまり、スパイはどこにでもいるということなのさ」

「スパイ？」

「ああ。いいか、悪い人間がルナ・ステーション17を破壊しようとたくらんでいる」

「なんのために？」

「なぜって、悪い人間だからさ。それからやつらはきみも破壊したがっている、きみがしばらくここにいなくちゃならないのもそのためなんだ、やつらに見つからないようにね」

「でも——でもわたしは砕解機のところに行かなければ。あてがわれた仕事を滞らせてはいけない」

「もうしばらく。もうしばらくの辛抱だ」ペインは本気で約束し、ロボットの融通のきかない頭を同じくらい本気で呪った。「あしたには迎えの者をよこすだろう。ああ、あしたには」それだけの時間があれば、工場の人間をここへ呼びだして百ドル紙幣の美しい緑色の山を手にするのには充分だろう。

だがAL76号は周囲の奇妙な環境にその思考メカニズムを侵され、いよいよかたくになった。

「いいえ」と彼は言った。「いま砕解機がないと困ります」ぎくしゃくと関節をのばし、彼はいきなり立ちあがった。「もっと探したほうがよさそうです」

ペインはあわてて追いすがり、冷たくかたい肘をつかんだ。「聞けよ」と金切り声をあげ、「ここにいなくちゃだめなんだ——」

そのときロボットの頭脳の中でなにかがカチリと音をたてた。彼をかこんでいる奇妙なものが小さな球体に凝結し、それがパチンとはじけ、そのために頭脳が不可思議な早さで作動しはじめたのだ。ロボットはペインのほうにくるりと向きなおった。「そうだ。砕解機をいますぐここで作ろう――そうすればそれで仕事ができます」

ペインは疑わしそうな顔をした。「ぼくにはとても作れそうもないねえ」作れるふりをしたほうがいいのかなと彼は思った。

「それはまかせて」ＡＬ76号は頭脳の陽電子回路が新しいパターンを織りだすのが感じられるような気がして、妙に浮きうきした気分になった。「わたしが作ります」そう言うとペインのデラックスな犬小屋をのぞきこんだ。「必要な材料はみんなここにそろっていますよ」

ランドルフ・ペインは小屋をうずめているがらくたの山を眺めまわした。内臓を抜きだされたラジオ、上側のない冷蔵庫、錆《さ》びついた自動車のエンジン、ひしゃげたガスレンジ、伸ばせば数マイルの長さはあろうかというすりへったワイヤ、そういうものをぜんぶひっくるめて、五十トンかそこらはあろうかという雑多なくず鉄の山、くず屋でさえこれを見たら鼻先でフンと軽蔑するだろう。

「そろってる?」と彼は弱々しく言った。

二時間後に、二つのことがまったく同時に起こった。まず、USロボット&機械人間株式会社のピーターズボロ支社のサム・トービーのところに、ハナフォードに住むランドルフ・ペインなる人物からビジフォンがかかってきた。話は失踪中のロボットに関するもので、トービーは太いうなり声を発すると話なかばでスイッチを切ってしまい、以後の通話はいっさい長話《ながばなし》担当の第六副支社長のほうに切りかえろと命じた。

トービーにしてみれば無理からぬことだった。この一週間、ロボットAL76号は姿を消したままなのに、ロボットの居所を知らせる通報があらゆる電話局から殺到していたのだ。一日に十四回——ほとんどが十四の別々の州から。

トービーはもううんざりしきっていた、だいたい半分気が狂いそうになっているのは言わずもがな。地球の著名なロボット工学者や数学物理学者がロボットは危害を加えることはないと断言しているにもかかわらず、国会の喚問があるという噂さえあった。

こういう精神状態であったから、営業部長が三時間もしてからようやく次のような事実をつらつら考えはじめたとしても驚くにはあたらない。つまりさっきのランドルフ・ペインなる人物が、ロボットがルナ・ステーション17に送られる予定だったことを知っており、そのうえにロボットの通し番号がAL76であることを知っていたという事実を。これらは会社が公表していない事柄だったのである。

彼は一分半ほど考えてから、すぐさま行動に移った。

しかし、あの通話からこの行動までの三時間のあいだに、第二の出来事が起こってしまっていた。ランドルフ・ペインは、通話のなかばでとつぜん切られてしまったのは工場の人間が疑っているせいだといちはやく判断したので、カメラをもって小屋へ舞いもどった。写真を見せれば有無は言わないだろう、それに現なまを持ってくる前に実物を見せてしまっては、ぺてんにかけられるおそれもある。

ＡＬ76号は自分の仕事に没頭していた。ペインの小屋の中身の半分がとこが二エイカーの地面いっぱいにばらまかれ、その真ん中にロボットがすわりこんでラジオの真空管や鉄の大きなかたまりや銅線やその他もろもろのがらくたをいじくりまわしていた。べったりと腹ばいになってバッチリ撮ってやろうとカメラの焦点をあわせているペインには目もくれなかった。

そしてまさにこのとき、レミュエル・オリヴァー・クーパーが道の曲がり角に姿をあらわし、その光景を見るなりその場に棒立ちになったのである。彼がそもそもここにやってきた理由というのは、パンを入れてもぜんぜん焼けずに飛びだしてきてしまうという困った悪癖《や》をもつ病める電気トースターをペインに見せるためだった。彼がここを立ち去ろうという理由はもっとはっきりしていた。のんびりと、ちょっと楽しい春の朝のそぞろ歩きといった足どりでやってきた。それが立ち去るときのスピードといったら、大学の陸上のコーチだって眉をあげ唇をすぼめてよくやったというくらいだろう。

そのまま少しもスピードをゆるめずにクーパーは、帽子もトースターも抜きでソーンダーズ保安官の詰め所にとびこみ、猛然と壁に突っこんだ。

親切な手が彼を抱きおこしてくれ、それから彼は三十秒ほど喋《しゃべ》ろうと骨を折ったけれどもだめで、そのうちにやっと落ち着いて息がつけるようになった。

ウイスキーをもらい、パタパタとあおいでもらってようやく口がきけるようになったものの、その言葉ときたら、「――怪物――身の丈七フィート――小屋はぶっつぶれ――かわいそうにラニィ・ペイン――」などなど。

彼らは少しずつ話を聞きだした。七フィート、いや八、いや九フィートはあるばかでかい金属の化けものがランドルフ・ペインの小屋の前にすわりこんでいた、ランドルフ・ペイン本人はうつぶせに倒れ、「かわいそうに血まみれの、めったぎりの死体」となっていた、怪物はものすごい破壊力で小屋をめちゃくちゃにたたきこわしている最中だった、そいつはレミュエル・オリヴァー・クーパーに襲いかかってきて、クーパーは間一髪逃げだしてきた。

ソーンダーズ保安官は太鼓腹にまわしたベルトをぎゅっと引きしめてこう言った。「そいつはピーターズボロ工場から逃げだしたっつう機械人間だぞ。先週の土曜にお触《ふ》れがまわってきたんだ。おい、ジェイク、ハナフォードじゅうの、銃の撃てる男どもをかきあつめて、保安官代理のバッジをつけてやれ。午《ひる》までにみんなをここに集めろ。それからな、ジェイク、その前にだ、ペインの後家さんのところに寄って、この悪い知らせをやさしく耳うちしてやってくれ」

報告によれば、ミランダ・ペインは事件を知らされるや、ひとまず夫の保険証書がちゃんとあることを確認し、保険金額を倍にさせておかなかった自分の愚かさについて簡潔な感想を述べたのち、やおら、まともな未亡人にどうやらふさわしい延々と心臓をかきむしるような号泣にむせんだという。

それから何時間かしてランドルフ・ペインは――自分がずたずたに引き裂かれて死んだことなど夢にも知らず――スナップ写真のネガの出来ばえを満足そうに眺めていた。仕事中のロボットの組み写真は、想像の余地をまったく残さぬものだった。それらはこんなふうな題がつけられたかもしれない。〈真空管にじっと見いるロボット〉、〈二本のワイヤをつなぐロボット〉、〈ねじまわしを振りまわすロボット〉、〈冷蔵庫を猛烈な勢いでこわしているロボット〉等々。

あとはただこれを焼きつけるだけなので、その前に一服しながらＡＬ76号とおしゃべりでもしようと間に合わせの暗室のカーテンをかきわけて外に出た。

そうしながらも彼は幸せなことには気づかなかったのだ、近くの森に植民地時代の古い遺物のラッパ銃から、保安官みずからが所持するポータブル・マシンガンにいたるあらゆる銃器で武装した、びくびくものの農夫たちがうようよしていることに。それにまた、半ダースものロボット工学者が、サム・トービーの指揮のもと、彼と近づきになるという喜びと名誉、ただそれだけのためにピーターズボロから時速百二十マイルはゆうに越えるスピードでハイウェイを疾駆しているなどとはつゆ知らなかった。

そんなわけで事態はじりじりとクライマックスへ近づきつつあったが、ランドルフ・ペインのほうはご満悦の嘆息をもらし、ズボンの尻でマッチをすり、パイプに火をつけてぷかぷかやり、楽しそうにＡＬ76号を眺めた。

ロボットが、ちょっと頭がおかしいなどというぐらいのものではないことはもうだいぶ前から明らかだった。ランドルフ・ペイン自身も珍奇なものを考案するのはお手のもので、白日のもとにさらせば見る人の目玉をでんぐりがえしてしまうようなしろものもいくつか作ってきた。だがいまＡＬ76号がこしらえているような奇々怪々なしろものは、これに少しは近いようなものだって考えついたこともない。

これを見たら、往年の漫画家ルーブ・ゴールドバーグを自任するやからどもは羨望のあまり狂い死にするだろう。ピカソなら（長生きしてこれを見ることができたとしたら）自分をはるかにしのぐ者が出現したことを知って芸術の道を捨てるだろう。これはまた半マイル四方にいる牝牛の乳房の乳を腐らせてしまうだろう。

そいつはまったくぞっとするようなしろものだった。

まず錆びついた大きな鉄の土台、これにちょっと似たものが中古のトラクターにくっついていたのをペインは見たことがあるけれども、その土台の上にのったワイヤやら歯車やら真空管やら数しれぬなんとも言いあらわしようのない恐ろしげなもののあいだから、そいつは酔っぱらいみたいにひょろりとかしがって立っていて、てっぺんはメガホンみたいなあんばいになっており、なんとも不気味なしろものだった。

ペインはそのメガホンみたいな部分をのぞきこみたい衝動に駆られたがぐっと思いとどまった。もっとまともな恰好の機械でも、とつじょ猛爆発した例をこれまでに見てきたからだ。

「おい、アル」と彼は声をかけた。

ロボットは顔をあげた。さっきから腹ばいになってうすい金属片をどこぞにさしこもうとしていた。「なにか用ですか、ペイン？」

「これはなんだ」腐れかかった汚ならしいもののことでも口にするような調子で言いながら、長さ十フィートの二本のポールのあいだを用心深く進んだ。

「砕解機を作っているんです――これがあれば仕事ができる。標準モデルの改良型ですよ」ロボットは立ちあがり、がちゃがちゃと音をたてながら膝の泥をはらって、得意そうにそれを眺めた。

ペインは身震いした。〝改良型〟だと！　だとすると、もとの型のやつはきっと月の洞穴にでも隠してあるにちがいない。気の毒な衛星よ！　気の毒な死せる衛星よ！　死よりむごい運命といったらどんなものか知りたいと彼はかねがね思っていたのだが。いまそれがわかった。

「これ、動くのか？」と彼は訊いた。

「もちろん」

「どうしてわかる？」

「動くにきまってますよ。わたしが作ったんですからね。必要なものはあとひとつだけ。懐中電灯ありますか？」

「どっかにあるだろう」ペインは小屋の中に入っていき、すぐさま取ってきた。

ロボットは懐中電灯の尻をはずし、仕事にとりかかった。五分で仕あがった。彼はうしろにさがってこう言った。「出来あがった。さて仕事にとりかかろう。見ていたかったら見ていてもいいですよ」

沈黙があり、そのあいだにペインは寛大な申し出に感謝しようと骨を折った。「安全かい？」

「赤ん坊でも操作できます」

「ほう……」ペインはよわよわしく微笑して、近くでいちばん太い木の幹のかげに隠れた。「さあどうぞ」と彼は言った。「きみをせいぜい信用するよ」

ＡＬ76号は悪夢のようながらくたの山を指さしてこう言った。「見ていなさい！」そして手を伸ばし――

ヴァージニア州ハナフォード郡の武装農民たちはペインの小屋をじりじりと包囲していた。植民地時代の勇敢なる父祖の血が彼らの血管に脈うち――背筋にはざわざわと鳥肌をたたせながら――彼らは木から木へと身を隠しながらしのびよっていた。

ソーンダーズ保安官が命令した。「合図したら撃て――目を狙えよ」

友だちのあいだでは、のっぽのジェイクで通っており、みずからは副保安官をもって任ずるジェイコブ・リンカーがそばににじりよってきた。「その機械人間ってやつはもうとんずらしちまったんじゃないですかね？」そうあってもらいたいという切なる期待が声音にこもるのは抑えようがなかった。

「どうだかね」と保安官はうなるように言った。「まあ、そうはいくまい。逃げていりゃ森の中ででくわしてたにちげえねえ、けどまだでくわしてはおらんぞ」

「けどやけに静かじゃないか。ペインの小屋に近づいたようだがねえ」

言われるまでもなかった。ソーンダーズ保安官の喉には大きなかたまりがつかえていて、それがあまりに大きいので三度にわけてのみこまねばならなかった。「さがっていろ」と彼は命じた。「引き金に指をかけて」

すでに空地のはずれにさしかかっており、ソーンダーズ保安官は目を閉じ、閉じた目の片方を木のかげからのぞかせた。なにも見えないので、一息ついてから、こんどは両目を開いて見た。

とうぜん前よりはよく見えた。

正確に言うならば、ばかでかい機械人間がこちらに背を向けて、なんでこしらえたものやらわからない、なんに使うかといったらますますわからない、魂が凍りついて、しゃっくりがとまらなくなるような仕掛けの上にかがみこんでいるのが見えた。見おとしたものといったら、北北西の方角に三本へだてた木の幹を震えながら抱きかかえているランドルフ・ペインの姿だけだった。

ソーンダーズ保安官は、空地に踏みだして、マシンガンをあげた。金属の広い背中をこちらに向けたままロボットは大声で言った――見えない人、あるいは人々に――「見ていなさい！」そして保安官が一斉射撃の命令を発しようと口を開けた、まさにそのときに金属の指がスイッチを押したのである。

それから起こったことについては、七十人の目撃者がいたにもかかわらず、的確な供述はいっさい得られなかった。それから何日たっても何カ月たっても、そして何年たっても、それらの七十人の人たちは保安官が発射命令をだそうと口を開いた、その数秒間の出来事について一言たりと語ろうとはしなかった。そのことを尋ねられると青リンゴのようにさっと青くなり、よろよろしながら逃げだすのだった。

しかしながら情況証拠から見れば、ざっと次のような事態が起こったのは明らかである。ソーンダーズ保安官は口を開いた。ＡＬ76号はスイッチを押した。砕解機が作動して、一条樹木七十五本、納屋二棟、牛三頭、そしてダックビル山のてっぺんから四分の三が、一条の蒸気となって消失した。いうなれば、去年《こぞ》の雪と一体になってしまったのだ。ソーンダーズ保安官の口はその後しばらく開いたままだったけれども、そこからはなにひとつ――発射命令もなにも――でてはこなかった。それから――

それから、空気がかきみだされるけはい、さまざまな音質のヒュルヒュルという音、ランドルフ・ペインの小屋を中心に放射状に発せられた幾条もの紫色の稲妻、そして武装隊の隊員たちの姿は、あとかたもなかった。

種々雑多な銃があたりに散乱し、その中には保安官の、特許ニッケル・プレートの特別速射式無故障保証つきのポータブル・マシンガンもあった。そのほかに帽子五十箇、くしゃくしゃに噛んである葉巻数本、そのほか動顛のあまりにおっこちたもろもろのがらくた――だが人間の姿は皆無だった。

それから三日間、それらの人々はだれひとり人里には姿をあらわさなかったが、ただ一人のっぽのジェイクだけが例外だったのは、ピーターズボロ工場からやってきた半ダースの人間によって、彗星さながらの遁走の途中を阻止されたからだった。連中はそれ相応のかなりのスピードで森の中に突進してきたところだった。のっぽのジェイクの頭をうまくみぞおちで受けとめたのはサム・トービーだった。息がつけるようになるとトービーは訊いた。「ランドルフ・ペインの家はどこだ？」

「兄弟」と彼は言った。「おれのっぽのジェイクは一瞬かすんだ目を見ひらいた。「兄弟」と彼は言った。「おれと反対の方角へ行きゃいい」

そう言うなり、神業のごとく消えうせた。地平線上に並ぶ木々のあいだをひょいひょい走ってみるみる小さくなっていく黒点が彼かもしれなかったけれども、サム・トービーにもそうだとは言いきれないだろう。

これで武装隊のほうは片がついた。が、まだランドルフ・ペインが残っていて、彼はちょっとちがう反応を示したのである。

ランドルフ・ペインにとって、スイッチが押されてダックビル山が消失したあとの五秒間というものは完全に空白だった。はじめは、木の根方の濃い茂みのかげからのぞいていたのだが、気がついてみると木の高い梢からぶらりと吊りさがっていた。武装隊を水平に走らせた同じ衝動が、彼を垂直に走らせたわけだった。

根もとからてっぺんまでの五十フィートをどうやってあがったのか――よじのぼったのか、跳びあがったのか、舞いあがったのか――それはわからなかったし、彼はみじんも気にしなかった。

彼にわかっていたのは、多くの財物が、一時的に彼の所有になっていたロボットによって破壊されたという事実だった。礼金の夢ははかなく消え、憎悪にもえる町の人々、リンチにしろと金切り声をあげて襲ってくる群衆、訴訟、殺人罪、それからミランディ・ペインから浴びせられる悪罵、などなどの身の毛のよだつ悪夢が、それにとってかわったのだ。悪夢の大半は、ミランディ・ペインが投げつけるにちがいない言葉だった。

彼はしゃがれ声でどなった。「おい、そこのロボット、そんなものはぶっこわせ、聞こえるか？　すっかりこわすんだ！　おれがそいつにかかわりをもっていたなんてことは忘れてしまえ。きさまなんか、おれは知らん、いいな？　そいつのことはぜったいに言うな。忘れてしまえ、聞こえるか？」

こんな命令が役に立つとは思っていなかった。反射的な行動にすぎなかった。だが、ロボットは、ほかの人間に危害を及ぼすおそれのないかぎり人間の命令に従うものだということを彼は知らなかった。

ＡＬ76号はしたがって、平然とかつ手順よくかの砕解機をこっぱみじんに破壊する作業にとりかかった。

最後の一インチ角の破片を足で踏みにじっているところに、サム・トービーひきいる分隊が到着し、ランドルフ・ペインはロボットのほんとうの所有者があらわれたことを察し、まっさかさまに木から落ち、どこやらわからないところに足から先に降り立った。

礼金も待たずに逃げだした。

ロボット・エンジニアのオースチン・ワイルドはサム・トービーを振りかえってこう言った。「ロボットからなにか聞きだせましたか？」

トービーはかぶりを振り、喉の奥でうなり声を発した。「なにも。なにひとつ。やつは工場を出てから起こったことはいっさいがっさい忘れちまったんだ。きっと忘れろという命令をあたえられたんだ、さもなければこれほど記憶がすっぽり抜けていることはありえない。やつがいじっていたあのがらくたの山はなんだったのかね？」

「ごらんのとおり。がらくたの山です！　でもあいつがこわす前は砕解機にちがいなかったんです、これをこわせとあいつに命令したやつを殺してやりたい――ゆっくりとなぶり殺しに、できるならば。これをごらんなさい！」

彼らはダックビル山だったものの斜面をのぼってきたのだ――正確に言えば、彼らの立っているそこのところから山の上半分はそっくりそぎとられていた。そしてワイルドは土も岩もすっぱり切りとられた完全に平らな表面をさわった。

「なんという砕解機だ」と彼は言った。「山を根こそぎ消してしまった」

「なんでこんなものを作ったんだろう？」

ワイルドは肩をすくめた。「さあ。彼の周囲にあったもののなにかの因子が――いまさら知るすべもありませんが――月用の陽電子頭脳に作用してしまった、がらくたから砕解機を作りだすように。ロボットが忘れてしまったいまとなっては、われわれがその因子にぶつかるのは十億にひとつですな。あんな砕解機は二度と作れないでしょう」

「まあいいさ。肝心なのはロボットが戻ったということなのだから」

「とんでもありませんよ」ワイルドの声には痛恨のひびきがあった。「あなたは月にある砕解機とかかわりをもったことがあるんですか。あいつもほかの電子エネルギー食いと同じ、たいへんなエネルギー食いで、電位を百万ボルト以上にあげるまでは動かないんですからね。だがあの砕解機はちがう。あいつの残骸を顕微鏡で調べましたがね、わたしが見つけた動力源とおぼしきものをごらんになりたいですか？」

「なんだったんだ？」

「これですよ！　あいつがどうやってこれを作ったか永久にわからないでしょう」

そしてオースチン・ワイルドは、たった半秒間で山ひとつ消しさってしまえる砕解機の動力源をさしだした――懐中電灯用の乾電池を二箇！

この作品ははなはだしくユーモラスなものではないが、ロボットはいぜんとして真《ま》面目《じめ》にとりあげられてはいない。これはもうひとつの短篇——ロボットものではない——から派生したもので、いわば続篇である。アスタウンディング・サイエンス・フィクションの一九四一年十月号に発表した、「決定的！」（浅倉久志訳『ガニメデのクリスマス』〈アシモフ初期作品集2〉収録）という短篇がそれだ。ガニメデ（木星の最大の衛星）に移住した人間が木星の生命体と無線で接触する話。ところがこの生命体がはげしい敵意を示したので、地球人は木星人が宇宙飛行を達成したときの脅威におびえるようになる。

たしかに木星の重力はきわめて大きく、大気は非常に濃密なので、ふつうの物質で作られた宇宙船は木星の大気圧と同じ船内圧では外の真空に対してもちこたえることはできないし、また木星の重力にさからって船を浮揚させることもできない。だが人類のテクノロジーは力場を作りだした。だからもし木星人が同じレベルに達すれば、彼らもまた、物質の壁というよりはむしろ純然たるエネルギーの壁の向こうにあるその惑星から脱けだすかもしれない。

この点について調べる必要があるのだが、人間が木星の恐るべき敵意に満ちた地上へ降り立つことはおそらく不可能である。

だが人間には不可能でも、人間の作ったロボットならできるはずである。こう考えたわたしは「思わざる勝利」を書き、スーパー・サイエンス・ストーリーズの一九四二年八月号に発表した。

思わざる勝利

Victory Unintentional

俗にざるの目ですくうというくらい、船体の漏れはひどかった。

それは予定されたことだった。じつを言えばもともとそれが目的であった。

その結果、当然のことながら、ガニメデから木星への途上にある宇宙船は、きわめて過密な真空がぎっしり詰めこまれることになった。船はまた暖房装置を欠いていたので、この宇宙真空は正常温度、すなわち絶対零度をややうわまわる温度だった。

これもまた計画に含まれていた。熱や空気の欠如という些細な事柄には、この船の乗員はまったく痛痒《つうよう》を感じなかった。

真空にほぼ等しい木星大気の第一陣が木星上空数千マイルの空間にいる宇宙船の船内に浸透しはじめた。じっさいにはほとんど水素だが、おそらく綿密な気体分析をすれば微量のヘリウムが検出されるだろう。圧力計はじりじりと上昇しはじめた。

上昇は船が螺旋《らせん》を描きながら木星の表面へ落下するにつれ加速度的に増大した。一連の計器の指針は、それぞれ圧力の高度に応じて設計されているのだが、いまそれは百万気圧の近辺にまで達しようとし、そこではもはや数字はほとんど意味を失っていた。熱電対《ねつでんつい》によって記録される温度はゆっくりと不規則的な変動をしながら上昇し、ついに摂氏零下七十度に定着した。

船はゆっくりと気体分子の迷路をかきわけつつ終点に向かった。分子は非常に濃密で水素自体が液体に凝縮している。その液体の茫洋たる大海から発散されるアンモニアガスが飽和して恐るべき大気を作りだす。千マイルの上空でわきおこった風はハリケーンなどものの数ではない暴風となる。

木星がさほど快適な世界でないことは、船がアジア大陸の七倍ほどのかなり大きな島に着地するまでもなく明らかであった。

にもかかわらず三名の乗組員は快適であると思った。そう確信した。もっとも三名の乗組員は人間ではない。むろん木星人でもない。

彼らは地球上で木星用に設計されたロボットにすぎなかった。

ＺＺ３号が言った。「なんだかさびしいところだ」

ＺＺ２号はそのかたわらに立って、風の吹きすさぶ荒野をうかない顔で眺めやった。

「はるか前方に建物のごときものがある。明らかに人工物だ。住民があらわれるのを待とうではないか」

ＺＺ１号が部屋の向こうで話を聞いていたが返事はなかった。彼は三台のうちでは第一号の製品であり試作品であった。したがって二台の仲間よりはるかに口数が少ない。

待つことしばしであった。奇妙な形をした飛行物体が頭上から舞いおりてきた。さらに数台がその後に続いた。それから地上の乗り物が一列になって近づいてきて停止すると、生き物を吐きだした。それといっしょに兵器とおぼしきさまざまな無生物の付属品も出てきた。あるものは一名あるものは数名の木星人によって運ばれ、またあるものは自力で進んでくる、中に木星人が乗っているのだろう。

ロボットたちにはわからなかった。

ＺＺ３号が言った。「彼らはわれわれをとりかこんだ。理にかなう友好的なゼスチュアは外に出ていくことだ。よろしいか？」

そういうわけでＺＺ１号は重い扉を開けた。もっとも扉は二重扉でもない、また特別な気密扉でもなかった。

彼らが舷口にあらわれると、まわりにいる木星人のあいだであわただしい動きが起こった。無生物の付属品のもっとも大きなものがいくつかいじりまわされたとたん、ＺＺ３号はベリリウム－イリジウム－ブロンズの体の表面温度が急激に上昇するのを感じた。

彼はＺＺ２号をちらりと見た。「おまえは感じるか？　彼らは熱エネルギーをわれわれに向かって放射しているらしい」

ZZ2号は驚きを示した。「なぜだろう？」

「ある種の熱線であることはまちがいない。あれを見ろ！」

熱線の一部がある不可解な原因によって射線からはみだし、きらきら光る純粋アンモニアの細い流れを横切った――流れはたちまちはげしく沸騰した。

3号はZZ1号を振りかえった。「ノートしておいてくれ、1号」

「諒解」1号は答えた。書記の仕事はZZ1号の役目で、ノートをとるというのは内蔵された精密な記憶テープに記憶を加えることだった。木星までの飛行の途次、すでに船内のあらゆる重要装置の毎時の記録がとられていた。彼は快く言った。「あの反応の理由はなんと記録すればいいのか？　人間のご主人がたはきっと知りたがるだろう」

「理由はない。いや明らかな理由はないといったほうがよいだろう」と3号は訂正した。「あの熱線の最高温度はほぼ摂氏三十度だ」

2号が口をはさんだ。「通信を試みたらどうだろう？」

「時間の無駄だろう」3号が言った。「ガニメデ、木星間で開発された無線コードを知っている木星人はきわめて少数しかいないはずだ。彼らは知っている者を連れにいかねばならない、連れてくれれば接触は速やかに行なわれるだろう。それまで様子を見ようではないか。率直に言うと彼らの行動が理解できない」

しかし意志の疎通は速やかには行なわれなかった。熱線はやんだが、別の兵器が最前部にもちだされ操作された。カプセルが数箇、見守るロボットたちの足下に飛来し、木星の重力下だから急角度に落下した。カプセルはぽんと割れ、青い液体が流れだして水たまりを作ったが、はげしい蒸発作用のためにそれはみるみる小さくなった。

はげしい風が蒸気を吹きちらすと、蒸気が流れていく風下の木星人は先を競って逃げだした。ひとり逃げおくれてのたうちまわっていたのが、ぐんにゃりとして動かなくなった。

ＺＺ2号は水たまりのひとつに指をつっこみ指先からしたたる水滴を見つめた。「これは酸素だと思う」彼は言った。

「そうだ、酸素だ」3号が相槌をうった。「これはますます奇妙なことになってきた。これはたしかに危険な仕事にちがいない、どうやら酸素はあの生物には毒物らしいから。ひとり死んでしまった！」

沈黙があった。やがてＺＺ1号が重々しく言った。彼のだれよりも単純なところがしばしばいちじるしく直截《ちょくせつ》な思考にたどりつく。「あの幼稚っぽい奇妙な生物たちはわれわれを殺そうとしているのだ」

この示唆《しさ》に感心した2号はこう答えた。「そうだ、1号、おまえの言うとおりだと思う！」

木星人の活動はほんのしばし小休止したのち、またもや新たな装備がもちだされた。それは細長い桿《さお》をもち、その桿は光を通さない木星の暗黒を貫いて天を指さしている。それは驚くべき烈風にもびくともせず、きわめて頑丈な構造であることがわかる。桿の先端からぱしっという音をたてて閃光が発し、その光は大気の深淵を灰色の霧に変えた。「高圧電流一瞬ロボットたちは強烈な光輝を浴びた。3号がおもむろに口を開いた。「高圧電流だ！　相当な力だ。1号、おまえの言うとおりだ。やはり人間のご主人がたが言っていたようにあの生物たちは人類を滅ぼそうと企んでいる、人間に危害を加えようという異常な邪悪さをもっている生物なら」――そう思うだけで彼の声はうち震えた――「われわれを破壊するのに良心の呵責《かしやく》は感じまい」

「そんなひねくれた心をもっているとは情けない」ZZ1号が言った。「あわれなやつらだ！」

「まことに悲しむべきことだ」2号も認めた。「船に戻ろうではないか。今のところはこれだけ見れば充分だ」

そこで彼らは腰を落ち着けて待つことにした。ZZ3号が言ったように木星は広大だから木星の輸送機関が無線技師を宇宙船まで運んでくるには手間がかかるだろう。しかし忍耐はロボットにとってたやすいことだった。

無線技師が到着するまでに、クロノメーターによれば木星は三度自転を行なった。むろん日の出も日没も三千マイルにおよぶ液体濃度の気体層の底ではまったく変わりはなく、それゆえ昼であるか夜であるかだれにも判別がつかなかった。だが木星人もロボットも可視光線でものを見るのではないので問題はなかった。

この三十時間のあいだにもロボットをとりかこむ木星人は、あくなき忍耐と仮借ない執拗さとをもって攻撃をくりかえした。これについてはロボットZZ1号がその記憶装置におびただしい記録を収録した。時間がたっぷりあったのでそれこそおびただしい種類の兵器によって襲撃され、一方ロボットたちはあらゆる攻撃をつぶさに観察し、識別しうる兵器を分析した。しかしすべてを識別することはできなかった。

だが人間のご主人がたは巧妙に彼らを作った。なにしろ宇宙船とロボットを建造するのに十五年の歳月を要したのだ。彼らの特性を一口にして要約すれば——強さそのものである。攻撃は徒労に終わり、船もロボットも攻撃によって被害をこうむった様子はみじんもなかった。

3号が言った。「ここの大気が彼らに不利な条件になっているのだ。核爆弾は用いることができない、なにしろあのスープみたいな大気に小さな穴をあけ自分たちを吹きとばすのが関の山だろうから」

「彼らは炸薬も使用していない」2号が言った。「あれは効果があるのに。われわれを傷つけることはできなくともほんの少々吹きとばすことはできるのだから」

「炸薬は問題外だ。気体の膨張なくして爆発は起こりえないし、この大気中では気体の膨張は不可能だ」

「とてもけっこうな大気なのに」1号がつぶやいた。「わたしは好きだ」

それは当然だった、なぜなら彼はそれ向きに作られているのだから。ＺＺ型ロボットは、ＵＳロボット&機械人間株式会社において製作されたロボット第一号で、姿形は人間とは似ても似つかない。背は低くずんぐりとしており地上一フィートたらずのところに重心があった。太く短い六本の脚は地球の重力の二倍半の重力下でものを運べるように設計されている。彼らの反射作用はその重力を補って、地球上の通常のスピードの数倍である。彼らはまた既知のあらゆる腐蝕媒体や、千メガトンの原子爆弾にほぼ匹敵するあらゆる爆発物にも、いかなる状況下でも耐えうるベリリウム-イリジウム-ブロンズの合金でできている。

これ以上の説明を省くために、彼らは破壊不可能であり、かつまた恐るべき力をそなえているので、彼らを作ったロボット技師たちは彼らの通し番号に愛称をつける度胸をまったくもちあわせていなかったと言っておこう。ある元気のいい青年が弱虫《シシィ》1号、2号、3号にしたらと提案したが――その提案も大声ではなされなかったし、二度とくりかえされることはなかった。

待つあいだの数時間は、木星人の外形をどう言いあらわすかという厄介な論議が交わされた。ＺＺ1号は彼らの触手と放射相称の姿を記録にとどめたが――そこで彼は行きづまった。2号と3号が全力をつくしたがお手あげだった。

「参照基準がなければなにものも的確に描写することは不可能だ」3号がついに言いきった。「あの生物はわたしの知っているなにものにも似ていない——わたしの頭脳の陽電子回路のまったくあずかり知らぬものだ。ガンマ線感知機能をそなえていないロボットにガンマ線を説明するようなものだ」

ちょうどそのとき集中攻撃がふたたび熄《や》んだ。ロボットたちは船外に注意をむけた。

木星人の一団がまことに珍妙なおぼつかない恰好でこちらへ向かってくるが、どう目をこらして眺めてみても、彼らの正確な移動方法は確認できなかった。触手の使い方もさだかではない。あるときはするすると滑るような動きをするかと思うと、次には猛烈なスピードで前進する、風下に向かっているのでおそらく風の助けを借りているのだろう。

ロボットは木星人を迎えるために前進し、彼らは十フィート手前で立ち止まった。両者とも無言で身動きひとつしなかった。

ZZ2号が言った。「われわれを見ているにちがいないが、その方法がわからない。感光器官が見えるか?」

「わからない」3号がうめくように答えた。「なにがどうなっているのかまったくわからない」

木星人の群れのあいだから突然カチカチという金属音が聞こえた、と、ZZ1号がうれしそうな声をあげた。「あれは無線コードだ。無線技師をつれてきたのだ」

まさにそうだった。二十五有余年、木星の生物とガニメデの地球人によって融通無碍《ゆうずうむげ》な通信手段として開発された複雑なトン-ツー方式がいま至近距離で実用に供せられるのだ。

木星人は一名だけ最前部にとどまり、ほかは後退した。話をしているのは彼だった。カチャカチャいう音はこう言っていた。「おまえたちはどこから来たのか？」

ZZ3号は、頭脳がもっとも進んでいるので当然ロボット・グループのスポークスマンと目《もく》されていた。

「われわれは木星の衛星ガニメデからやってきました」3号は言った。

木星人は話を続けた。「おまえたちはなにがほしいのか？」

「情報。われわれはあなたがたの世界を調査し、そこで得た発見をもちかえるために来たのです。もしあなたがたの協力を得られるならば――」

木星人がトン-ツーとそれをさえぎった。「おまえたちは破壊されるべきだ！」

ZZ3号はかたわらの仲間に考えこむように小声で言った。「まさしく人間のご主人が言ったとおりの態度だ。彼らはきわめて異常だ」

彼はふたたび手短かに送信を行なった。「なぜですか？」

木星人がある種の質問には答えるのもいとわしいと考えているのは明らかだ。彼は言った。

「もしおまえたちが一自転以内に立ち去るならば見逃してやろう——われわれが、ガニメデの非木星人の虫けらどもを退治するためにこの世界を出立《しゅったつ》するときまで」

「言っておきたいのですが」3号が言った。「われわれガニメデと内惑星の——」

木星人がさえぎった。「われわれの天文学は太陽とわれわれの四つの衛星を認めている。内惑星などはない」

3号はしぶしぶ譲歩した。「ではわれわれガニメデと訂正します。われわれは木星になんの意図もありません。友好を願っている。二十五年のあいだ、あなたがたはガニメデの人類と自由に接触を行なってきた。にわかに人類に戦いをいどむ理由があるのですか？」

「二十五年のあいだ」ひややかな答えがはねかえった。「ガニメデの住民は木星人だと思っていた。それがそうでないとわかったとき、知能の低い生物を木星人の知能水準で扱っていたと知ったとき、われわれはその屈辱を晴らす決意をした」彼はゆっくりと力強くコード対話の言葉を結んだ。「われわれ木星人は、虫けらごとき存在に脅かされたくない！」

木星人は風にさからってなんとも形容しがたい恰好で後戻りをした。会見は明らかに終了したのだ。

ロボットたちも船に戻った。

ZZ2号が言った。「うまくないようだな？」彼は考えこむように言った。「ご主人がたの言ったとおりだ。彼らは極度の優越感をもち、それを傷つけるものに対しては極端に不寛容だ」

「不寛容さは」3号が言った。「優越感の裏返しだ。難点は彼らの不寛容さには牙があるということだ。彼らは兵器をもっており――彼らの科学は偉大だ」

「わたしはもう驚かない」ZZ1号が大声で言った。「われわれが木星人の命令を無視するように特に命ぜられたことに。彼らはおそろしい、不寛容な、疑似優越動物だ！」それからロボットとしての忠誠の念をもって確固たる口調でこうつけくわえた。「人間のご主人がたは、あのようにはなれない」

「それは真実だが、このさい的はずれだ」3号が言った。「ご主人がたが恐るべき危険に直面しているという事実は存在する。ここは広大な天地だ、そのうえ木星人は数においても資源においても全地球帝国の百倍もまさっている。もし彼らが――ご主人がたがすでになさったように――力場を宇宙船の船体として使うところまで発生させるなら彼らは太陽系を意のままに侵略するだろう。問題は、彼らがその方向にどれほど進んでいるかということ、ほかにどんな兵器をもっているかということ、どのような準備をしているかということだ。そうした情報をもちかえることがわれわれの任務であるのは明らかだ。次の行動を決めるほうがいいだろう」

「それは容易ではないかもしれない」2号が言った。「木星人は協力すまいから」このさいこの言葉はむしろ控え目な表現だった。

3号はしばらく考えこんだ。「待つしかないのではないか」と彼はおもむろに判断した。「彼らは三十時間われわれを攻撃しつづけ、しかも成功しなかった。彼らが全力をつくしたことは明らかだ。優越感というものはつねに面目を保つことが必要なのだ。この場合、われわれにあたえられた最後通告がそれを立証している。われわれを破壊できるなら、われわれが立ち去ることは許さないだろう。だがわれわれが立ち去らないとしたら、彼らはわれわれを武力では追いはらえないという事実を認めるよりは、自分たちの目的のためにわれわれをここに留めたのだというふりをするだろう」

ふたたび彼らは待った。一日がたった。武力攻撃は再開されなかった。ロボットたちは立ち去らなかった。こちらも開きなおった。そしていまふたたびロボットは木星人の無線技師と向きあうことになった。

もしZZロボットにユーモアのセンスがそなわっていたら、彼らはおおいに楽しんだはずだ。だが彼らは単に深い満足感をおぼえたにすぎない。

木星人は言った。「われわれはおまえたちにきわめて短期間の滞在を許すことを決定した。おまえたちはわれわれの力をその目で見るがいい。そしてガニメデへ帰り、仲間の虫けらどもに、太陽が一公転するうちに必ずや悲惨な終わりをとげるだろうと伝えてやれ」

ZZ1号は木星の公転が十二地球年であることを記憶にとどめた。

3号がなにくわぬ顔で答えた。「ありがとう。近くの町へおともしてよろしいのですか？　学びたいことがたくさんあるのです」ここで思いついたように彼は言った。「むしろわれわれの船には手を触れないでください」

これは要望として言われたのであって決して脅迫ではなかった、ZZ型ロボットは好戦的ではないからだ。どんな些細ないらだちもそれをいらだちと感ずる能力は徹底的に除去されているのだ。ZZ型のような強大な力をもつロボットには、地球上のテスト期間の安全を期するためにも、絶対的に温和な性質が不可欠とされた。

木星人が言った。「われわれは虫けらどもの船などに興味はない。木星人たるもの、あのようなものに近よりみずからを汚す者はいない。われわれについてくることを許すが、木星人に十フィート以上はぜったい近よってはならない、さもないとその場で殺す」

「びくびくしているようじゃあないか」2号が風の中を突き進みながらおっとりとささやいた。

街は茫洋たるアンモニア湖の岸辺にある港町だった。風は絶えまなく吹きすさび、泡だつ波が重力で加勢されて猛烈な速度で湖面を突進する。港そのものはさほど大きくもなく格別な印象もなく、建物の大半が地中にあることはほぼ明らかだった。

「この街の人口は？」3号が訊いた。

木星人は答えた。「ほんの一千万の小さな町だ」

「なるほど。メモをとれ、1号」

ZZ1号は機械的にメモをとった。そしてふたたび湖を振りかえり魅いられたように見つめた。彼は3号の肘をつついた。「おい、ここに魚がいると思うか？」

「いようがいまいが、それがどうした？」

「知っておくべきだと思う。人間のご主人がたはできるかぎりのことを調べてくるように命令された」三台の中では1号はもっとも単純な型なので、したがって命令を文字どおりに受けとるのだ。

2号が言った。「1号がそうしたいというならそうさせればいい。子供を遊ばせても害はないだろう？」

「よろしい。時間を無駄にしないというなら反対はしない。われわれは魚のために来たのではない――まあ行くがいい、1号」

ZZ1号はすっかりはしゃいでよたよたと湖岸へ降り立つと、飛沫をあげてアンモニアの湖へ飛びこんだ。木星人たちはその光景をじっと眺めていた。彼らがロボットたちの会話を一言も理解できなかったのはもちろんだ。

無線技師がトン－ツー対話をはじめた。「おまえの仲間はわれわれの偉大さの前に絶望して身を投げようとしている」

3号は呆気にとられた。「とんでもありません。彼はあのアンモニアの中の生物を調べにいったのです」そして弁解するように、「あの仲間はときどき異常に好奇心が強くなるのです。彼はわれわれほど利口ではありません、もっともそれは彼の不運にすぎませんが。われわれはそれを知っているので、できるだけ彼の意に添うようにしてやっています」

長い間《ま》があった。やがて木星人が言った。「溺れてしまうぞ」

3号はさりげなく答えた。「その危険はありません。われわれは溺れないのです。彼が戻って来しだい、街へ入ってもよいでしょうか？」

まさにそのとき湖面に数百フィートはあるかと思われる水柱がたった。それは天に向かってはげしく水しぶきをあげつつ風にあおられ水煙となって落下した。水柱はまた一本、またもう一本とたてつづけにあがり、やがて白くはげしく泡だつ一本の帯が岸に向かってするすると伸び、近づくにつれ徐々に泡だちがしずまっていく。

二台のロボットはおどろいてそれを眺め、一方木星人も微動だにしないところを見ると、やはり眺めているにちがいなかった。

やがてZZ1号の頭が湖面にあらわれ、ゆっくりと乾いた地面にあがってくる。なにかがそのあとについてくる。それはとほうもない大きさの生物で、牙とかぎ爪をもった棘だらけのものとしか見えない。それは自力でついてくるのではなく浜辺を1号にひきずられてくるのだった。その巨体にはいちじるしい弛緩が見られた。

ZZ1号はおずおずと彼らに近づき、みずから意志伝達装置を取った。そして動顚気味に木星人に向かってメッセージをたたきだした。

「こんなことになってしまってまことに申しわけありませんが、あれが襲いかかってきたのです。わたしはただ、あれについて記録をとっていただけなのに。貴重な生物でなければよいのですが」

答えはすぐにもらえなかった。怪物を一見した木星人たちの隊列があわただしく乱れたのだ。隊列は徐々に落ち着きをとり戻し、慎重な観察によって怪物がたしかに死んでいることが判明するとふたたび秩序が回復した。少し勇敢なのが興味ありげに怪物の体をつついている。

ZZ3号が恐縮した口調で言った。「どうか仲間を許してください。ちょっと不器用なのです。木星の生物を傷つける意志は毛頭ありません」

「彼が襲いかかってきたのです」1号が説明した。「こちらがなにもしないのに嚙みついてきました。ほら！」と彼は二フィート余りのぎざぎざに折れた牙を指さした。「牙をわたしの肩に突きたてようとして折ってしまい、わたしにかすり傷を負わせるところでした。彼をはらいのけようとちょっと叩いたら死んでしまった。申しわけありません！」

木星人はようやく送信をはじめたがその送信音は心なしか乱れていた。「あれは野生の動物でこんな岸近くで見つかることはまれだが、このあたりは湖でも深いところだから」

3号はまだ気がかりな様子で、「食用になるならおおいによろこばしいのですが」

「否。食物は自分たちでとれる、虫け――よそものの手を借りずとも。それはおまえたちで食べるがいい」

それをきくとZZ1号は怪物を片手でひょいとかつぎあげ湖へほうりなげた。3号はさりげなく言った。「好意はありがたいのですが、食物に用はありません。われわれはむろん食べません」

二百余名の武装木星人にかこまれたロボットたちは、いくつもの斜道を通って地下都市へ入った。地表部分は印象のうすい小都市だったが、地下は広大なメガロポリスの様相を呈していた。

彼らは車に乗せられたがそれはリモートコントロールで操縦されていた――正直で自尊心のある木星人が虫けらどもと同じ車に乗って優越感を傷つけられる危険を冒すはずがない――車は驚くべき速度で都心部へ向かった。市街は端から端まで五十マイル、少なくとも八マイルは木星の地殻に潜りこんでいるようだ。

ZZ2号がこう言ったとき、その声はうれしそうには聞こえなかった。「もしこれが木星人の発展の一例だとすると望ましい報告書をご主人がたにもちかえる見こみはない。所詮われわれは木星の広大な地表にあてずっぽうに着陸したのであり、人口稠密《ちゅうみつ》なほんとうの中心都市に出くわすのは千対一の可能性しかない。この無線技師の言うようにこれは単なる街なのだろう」

「一千万の木星人」と3号はぼんやりと言った。「全人口は数兆にのぼるだろう、これは多い、非常に多い、たとえ木星にしても。彼らはおそらく完璧な都市文明をもっているにちがいない、つまり彼らの科学的進歩は著しいということだ。もし彼らが力場をもっているとすると――」

3号には首というものがなかった。強さという観点からZZ型の頭部は胴体に直接固定されており、精緻な陽電子頭脳は厚さ一インチのイリジウム合金が三層になって守られている。だがかりに彼が首をもっているとしたら、その首を悲しそうに横に振ったにちがいない。

彼らはいま広々としたスペースに立っていた。まわりの建物や街路は、木星人でいっぱいだった。木星人が好奇心をもえたたせているさまは、こんな状況におかれたら地球人もかくやと思われる。

無線技師が近よってきた。「次の活動の時まで寝る時刻となった。われわれはおまえたちのために多大の不便をしのんで場所を提供することにした、むろんその建物はあとでとりこわして建てなおす必要がある。とにかくおまえたちもしばらく眠るがいい」

ZZ3号がそれをさえぎるように手を振った。「好意はありがたいのですが、その心配は無用です。われわれはここに残っていましょう。あなたがたは遠慮なく睡眠をとってください。われわれは待ちます。われわれは」とさりげなく、「眠らないのです」

木星人は無言だったが、もしそれに顔があるなら、そこにうかんだ表情はさだめしおもしろかっただろう。それは立ち去り、ロボットは車中にとどまった。武装木星人の一隊がしばしば交代しながら監視を続けた。

数時間後、監視の隊列が二つに割れ、無線技師があらわれた。彼はともなってきた木星人をロボットに紹介した。

「中央政府の高官を二名お連れした、おまえたちと話しあうことをご親切にも引き受けてくださった」

高官の片方は明らかに無線コードを知っているらしく、彼のトン－トン－ツーという音が無線技師を鋭くさえぎった。彼はロボットにこう命じた。「虫けらどもめ！　われわれに見えるように車から出てこい」

ロボットたちはその申し出をよろこんで受け入れた。2号と3号は車体の右側から跳びおり、1号は左側を突き抜けた。この突き抜けたという言葉は文字どおりの意味である、というのは1号は出入口になる車腹の一部をおろす仕掛けを動かすことを怠ったために、車腹に加えて二つの車輪と車軸もろとも外へ飛びだしたからだ。車はくずれ、1号はとほうにくれ無言で車の残骸を見つめた。

彼はおそるおそる送信した。「申しわけありません。高価な車でなければよいのですが」

ZZ2号がとりなすように、「仲間はよくこんなへまをやるのです。どうか許してください」と言い、ZZ3号は気のりしない様子で車を復元しようと試みた。

ZZ1号は弁解のために別の努力をした。「この車の材質はかなりもろいものでした。ほら！」彼は厚さが三インチもある一ヤード四方の金属のように硬いプラスチックの板を両手でもちあげ、ちょっとした圧力を加えた。板はたちまちぽっきりと折れた。「気をつけるべきでした」と彼は言った。

木星政府の役人はやや鋭さの失せた調子で言った。「その車はどっちみち廃棄すべきものだった。おまえたちの存在によって汚されたのだから」そしていったん送信をやめ、そして「けがらわしい！　われわれ木星人は下等動物に対する俗悪な好奇心はもちあわせていないが、科学者たちが事実を求めている」

「あなたと同感です」3号がうれしそうに答えた。「われわれもそうなのです」

木星人は彼を無視した。「おまえたちは質量感知器官を明らかに欠いている。いかにして遠方のものを感知するのか？」

3号は興味をそそられた。「あなたがたは質量を直接感知するのですか？」

「わたしは、われわれに関する質問――無礼な質問――に答えるために来たのではない」

「すると低質量の小さな物体はあなたがたには透明というわけだ、輻射がなくとも」彼は2号を振りかえり、「彼らはそうやってものを見るのだ。彼らの大気も彼らにとっては宇宙のごとく透明なのだ」

木星人のトン－ツーがふたたびはじまった。「わたしの第一の質問に速やかに答えろ、さもないとわたしの忍耐が尽き、おまえたちを殺せと命令するだろう」

3号はすかさず答えた。「われわれはエネルギーに敏感なのです。われわれはいかなる電磁波にも意のままに適応することができます。目下のところは、遠距離用の視覚はわれわれ自身が放射する電波に依存し、近距離の視覚は――」彼は送信を中断して2号に言った。「ガンマ線というコードはあったか？」

「わたしの知るかぎりではないな」2号は答えた。

3号は木星人と話を続けた。「近距離の場合はほかの放射線によって見ます、あいにくそれをあらわすコードがないのですが」

「おまえの体はなにからできているのか？」木星人が訊いた。

2号がささやいた。「おそらく彼の質量感覚がわれわれの表面を通過できないためだ。密度が高いからね。教えるべきだろうか？」

3号はおぼつかなく答えた。「ご主人がたは何事も秘密にするようにとは言わなかった」そして木星人に向かって無線コードで、「われわれの体の大部分はイリジウムです。銅、錫、ベリリウムが各少量、その他です」

木星人は後退した。まったく描写不能の体のさまざまな部分がのたうちまわっているところをみると、音は発しないがさかんに会話を交わしている様子だった。

　やがて政府の高官が戻ってきた。

「ガニメデの生物よ！　おまえたちにわが工場のいくつかを見せ、わが偉業のごく一部を紹介することに決定した。しかるのちに帰ることを許す、そうすればおまえたちはほかの虫け――いやほかの異星生物に絶望をふりまくことができる」

　３号は２号に言った。「彼らの心理的策略の効果に留意することだ。彼らは是が非でも優越感を満足させねばならないのだ。あくまでも面子《メンツ》の問題だ」彼は無線コードでこう伝えた。「ご好意を感謝します」

　だが面子をたてる儀式はきわめて能率よく行なわれることがほどなく判明した。彼らのデモンストレーションはツアーになり、そのツアーは一大展示会だった。木星人はあらゆるものを見せ、あらゆるものを説明し、あらゆる質問に熱心に答え、そしてＺＺ１号はたくさんの絶望の種を記録にとどめた。

　このいわゆるとるにたらぬ街ひとつをとっても、戦力は全ガニメデの戦力の数倍はうわまわっている。このような街があと十もあれば全地球帝国をしのぐだろう。こうした街があと十あつまっても、木星全体で行使できる力のほんのひとかけらにもならないだろう。

　３号は１号に脇腹を突つかれて振りかえった。「なんだ？」

　ＺＺ１号は真剣に言った。「もし彼らが力場をもっていれば、人間のご主人がたは敗れるのではないか？」

「わたしもそう思う。なぜそんなことを訊く？」

「この工場の右翼の部分を見せてくれないからだ。あそこで力場が作られているのではないか。もしそうだとすると秘密にしておきたいのではなかろうか。確かめてみたほうがいい。肝心なことだ」

3号は厳粛に1号を眺めた。「おまえの言うとおりかもしれない。何事も見すごす手はない」

彼らは巨大な製鋼工場におり、アンモニア耐性のシリコン・スチール合金の百フィートの角材が瞬時に二十本になるのを眺めているところだった。3号が静かに訊いた。「あちら側にはなにがあるのですか？」

政府の高官は工場の管理者に訊ねてから答えた。「あそこは高熱処理をするところだ。さまざまな工程において、生物の耐ええない高熱が必要とされる、あそこではすべてが間接的に処理されなければならない」

彼は輻射熱が感じとれる隔壁へ彼らを導き、透明な物質で作られた小さな丸窓を指さした。そうした小窓がずらりと並んでいて、窓の向こうに溶鉱炉の赤い光がどんよりした大気を通してぼんやりと見える。

ZZ1号は木星人に懐疑的な目を向けてコードを発した。「中へ入って見てもよいでしょうか？　とても興味があるのです」

3号が言った。「まるで子供だな、1号、彼らは真実を語っている。しかしまあいいだろう、是非にと言うのならちょっと見てくるがいい。ただしあまり手間どるな、先に進まねばならないから」

木星人は言った。「おまえたちはあの熱の性質を理解していない。おまえは死ぬだろう」

「いやいや」1号はさりげなく言った。「われわれは熱には平気なのです」

木星人の評定がはじまった。工場の日常活動がこの異常な緊急事態に対応するにつれ、右往左往の混乱が出来《しゅったい》した。吸熱物質で作られたスクリーンがはりめぐらされ、やがて扉が開いた、炉が動いているあいだは決して開けられたことのない扉が。ZZ1号は中へ入り、扉は閉まった。木星政府の高官たちは中を見るために透明な小窓に殺到した。

ZZ1号はいちばん手近かの炉に歩みよって外側を軽く叩いた。背が低いためにうまく中をのぞきこめないので、溶けた金属がコンテナのへりをなめるくらいに炉をかたむけた。それから物珍しそうにのぞきこみ、中に手をつっこみ、しばらくかきまわして濃度を調べた。それがすむと手をひきあげ、手についたどろどろの溶鉄を払いおとし、あとは六本ある脚の一本にこすりつけた。ずらりと並んでいる炉の前をゆっくり歩いてから、出たいという合図をした。

彼が扉から出てくると木星人たちは遠まきにとりかこみ、アンモニアを滝のように浴びせかけた。アンモニアがしゅうしゅうとはげしい蒸気をたてるうちにようやく彼の体は木星人にも耐えられる温度になった。

ZZ1号はアンモニアのシャワーにも平然としていた。「彼らはやっぱり真実を語っていた。力場はない」

「わかったろう――」と3号が言いかけるのを1号は気短かにさえぎって、「だがぐずぐずしていてはだめだ。ご主人がたはあらゆるものを調べてくるようにと言った」

彼は木星人をかえりみると毫《ごう》も躊躇せずにトンーツーとやりだした。「木星の科学は力場を開発したのですか？」

彼の無遠慮な態度はむろん未発達な知能のしからしむるところだった。2号と3号はそれを知っていたので彼の言葉に異論をさしはさむことは控えた。

政府高官の妙にこわばった姿態が徐々に弛緩してきた。それまでその姿は、1号の手――溶鉄の中につっこんだ手――をぽかんと見つめているような印象をどこやらあたえていた。木星人はのろのろと言った。「力場だと？　するとそれがおまえの好奇心の対象なのか？」

「そうです」1号は力みかえった。

木星人側はにわかに自信を回復したらしい、カチカチいう音が鋭さをましたからだ。

「ではついてこい、虫けらども」

そこで3号は2号に言った。「また虫けらに逆戻りだ、どうやら——行手に悪い知らせがひかえているようだ」2号は重々しくそれを認めた。

彼らが連れていかれたのは、街のはずれ——地球でいえば郊外と名づけられるべき部分——で、一ヵ所により集まった数々の建物、つまりどこやら地球の大学に似た場所に連れこまれた。

しかしなんの説明もなされなかったし、またロボットもなんの質問も発しなかった。政府高官は先を急ぎ、ロボットたちは最悪の事態が行手にひかえているという暗い確信をいだきつつその後に従った。

しんがりのZZ1号が、壁の一部が切れたところで足を止めた。「これはなんです?」彼は知りたがった。

部屋には狭く低いベンチが並んでおり、その前で木星人たちが奇妙な装置を操っている。長さ一インチの見るからに強力そうな電磁石が主体である。「これはなんです?」1号がくりかえし訊ねた。

木星人は振りかえり、いらだたしそうな様子を見せた。「ここは学生の生物研究室だ。おまえたちに興味のあるものはない」

「彼らはなにをしているのですか?」

「微生物を研究しているのだ。顕微鏡を見たことがないのか？」

3号が質問をひきとって答えた。「あります。だがこういう型ではありません。われわれの顕微鏡は、エネルギー感知器官に対応するもので、放射エネルギーの屈折によって働きます。あなたがたの顕微鏡は明らかに質量膨張を応用している。なかなか独創的です」

ZZ1号が言った。「標本を調べてみてもよいですか？」

「いったいなんのために？　おまえの感知器官ではわれわれの顕微鏡は使えない、それにたいした理由もなくおまえが近づいた標本は、廃棄しなければならない」

「わたしには顕微鏡はいりません」1号はびっくりしたように言った。「わたしは自分自身を顕微鏡的視覚に調整できます」

彼は手近かのベンチにさっさと近づき、一方学生たちは汚染を避けるために部屋の隅に集まった。1号は顕微鏡を押しのけ、スライドを細心に調べた。彼は後じさりし、困惑の表情をうかべ、そしてまた二枚目を調べ……そして三枚目……四枚目を調べた。

彼は戻ってきて木星人に言った。「あれは生きているのでしょう？　あの小さな虫のようなものは」

「そうとも」木星人は言った。

「奇妙です――わたしが見たら、死んでしまった！」

3号は鋭い叫びをあげ、二人の仲間に言った。「われわれが発しているガンマ線のことをすっかり忘れていた。ここから出よう、1号、さもないとこの部屋の微生物は全部死んでしまうことになる」

彼は木星人を振りかえり、「われわれの存在はひよわな生命体に致命的な害をあたえるようです。出ていったほうがよさそうです。標本がすぐに補充のきくものであればいいのですが。それからわれわれがここに滞在するあいだ、あなたがたもあまりわれわれに近よらないほうがいいでしょう、われわれの放射線はあなたがたにも有害かもしれませんから。気分は変わりありませんか？」

木星人は尊大な様子で押しだまったまま前に立って歩きだしたが、以後ロボットとの距離をこれまでの二倍にしたことは明らかだった。

おたがいに沈黙したまま、やがてロボットたちは広い部屋にいた。部屋の中心部の空中に巨大な金属の塊りがうかんでいる——あるいは目に見えないなにかに支えられているのかもしれない——木星の高い重力にさからって。

木星人がカチカチやりはじめた。「これがおまえの言う究極の形の力場だ、ごく最近完成された。あの力場の泡体の中は真空だ。だからわれわれの大気の重力プラス巨大な宇宙船二隻分の重量に等しい金属の塊りを支えているのだ。さあ、どうだ？」

「では宇宙旅行は可能になったのですか？」

「そうとも。金属にもプラスチックにも真空中で木星の大気圧を支えるだけの強度はないが、力場ならそれができる——そして力場の泡体がわれわれの宇宙船になるだろう。今年中に何百何千と建造するつもりだ。そうすればわれわれはガニメデを大挙攻撃し、われわれの宇宙支配に反抗する虫けらのような、いわゆる知的生物を壊滅できるだろう」

「ガニメデの人間はそんな意図は毛頭——」と3号が穏やかにとりなすように言いかけた。

「だまれ！」木星人は鋭く言った。「帰ってやつらにおまえたちの見たものを教えてやれ。やつらのもっているような弱い力場では——おまえの船がもっているような力場では、われわれに刃向かうことはできない。われわれのもっとも小さな船ですら、大きさも力もおまえたちの船の百倍はあるだろう」

3号が言った。「ではもうなにもすることはないので、言われるとおりこれらの情報をたずさえて帰ることにしましょう。船まで送ってもらえれば、そこでお別れします。しかしついでにちょっとおことわりしておきたいのですが、あなたがたが誤解をしていることがあります。ガニメデの人間はむろん力場をもってますが、われわれの船にはそなえていません。われわれには不必要なのです」

ロボットは背を向けると仲間についてくるように合図した。しばらく彼らは無言だったが1号が落胆した口調でつぶやいた。「ここを破壊することはできないだろうか？」

「そんなことをしても無駄だ」3号が言った。「彼らは数量においてわれわれを圧倒している。無駄なことだ。十年たたぬうちに人間のご主人がたは全滅するだろう。木星に対抗するのは不可能だ。少々手強《てごわ》すぎる。木星人が木星の表面に縛りつけられているあいだは人間は安全だ。しかし彼らが力場を持っているとなると――われわれになしうるのは情報をもってかえることだけだ。避難所をこしらえておけば少数でもしばらくのあいだ生きのびる可能性はある」

都市は背後に遠ざかった。湖畔の平原にたどりつき地平線上に彼らの船が黒点となって見えだしたとき、木星人が突然言った。

「生物よ、おまえは力場をもっていないと言ったな?」

3号は興味なさそうに答えた。「われわれには不必要です」

「ではおまえの船は、船内の大気圧によって爆発も引き起こさずにいかにして宇宙の真空に耐えうるのか?」そして彼は一平方インチあたり二千万ポンドの力で彼らを押しつけている木星の大気を無言のゼスチュアで示すように触手をうごかした。

「それは簡単です。われわれの船の気密性は保たれてはいない。内と外の圧力は等しいのです」

「宇宙でもか? 船内は真空なのか? 嘘をつけ!」

「ではどうぞ船を調べてください。力場もなければ気密性もありません。それのどこが不思議なのですか? われわれは呼吸をしません。われわれのエネルギーは原子力から直接得ます。気圧の存在の有無はわれわれにはなんの影響もなく、真空であっても快適です」

「しかし絶対零度だ！」

「問題はありません。われわれは自分で体温を調節します。外部の温度は関係がありません」彼は対話を中断したのち、「さてここまでくれば、あとは自分たちで船まで行けます。さようなら。ガニメデの人間にあなたがたの伝言――最終戦争の布告を伝えることにします」

だが木星人は言った。「待て！　わたしが戻ってくるまで待て！」彼は後ろを向いて街のほうへ戻っていった。

ロボットたちはその後ろ姿を凝視し、それから静かに待った。

三時間してようやく戻ってきた彼は息せききっていた。これまでどおりロボットから十フィートはなれたところで立ち止まったが、それから妙にへりくだった態度でじりじりとにじりよってきた。ゴムのような灰色の皮膚が触れんばかりになるまで無言で近づいた。そしてやおら無線コードが恐懼《きょうく》したように鳴りだした。

「尊いお方たちよ、わたしは中央政府の長官と連絡をとってまいりました、長官はいまやあらゆる事実を認めました、そして木星は平和を望んでいることをここに謹んでお伝えします」

「なんですと？」3号が唖然として問い返した。

木星人は大急ぎで言葉をついだ。「われわれはガニメデとの通信を再開する準備をととのえること、また宇宙へあえてのりだす試みもしないことをよろこんでお約束いたします。われわれの力場は木星上においてのみ使われるでありましょう」

「しかし――」と3号は言いかけた。

「わが政府は、ガニメデの尊敬すべき人間の兄弟が遣わされる代表はいかなるときもよろこんでお迎えするでありましょう。もし閣下がたに平和を誓っていただけるなら――」鱗《うろこ》のついた触手が彼らのほうにさっと伸ばされ、3号は呆然としてそれをつかんだ。1号も2号もさしだされた別の二本をそれぞれつかんだ。

木星人はおごそかに言った。「ではこれで木星とガニメデのあいだに恒久和平が結ばれました」

ざるの目のように漏れる宇宙船はふたたび宇宙へ発進した。気圧も温度もふたたび零度となり、ロボットたちは木星を、巨大な、だが徐々に小さくなっていく球体を見つめていた。

「彼らは誠実そのものだった」ZZ2号は言った。「それに、あの見事な百八十度転換はまったくよろこばしいことだった、それにしてもわたしにはわからない」

「これはわたしの考えだが」ZZ1号が言った。「木星人はどたんばで分別をとりもどし、人間のご主人がたに危害を加えることの極悪非道さに気づいたのだ。きわめて当然の成行きだ」

ZZ3号は溜息をついた。「いいや、これはすべて心理学の問題なのだ。あの木星人たちは厚さ一マイルに及ぼうかという優越感をもっている。彼らはわれわれを破壊できないことを知ると、なんとしても彼らの面子を立てる必要にせまられた。彼らの一大展示会やあらゆる説明は、単に虚勢の一形態にすぎない。われわれを彼らの力と優位との前にひざまずかせ、屈辱に追いこむための試みだ」

「それはわかるが」2号がさえぎった。「しかし——」

3号は言葉をついだ。「しかしそれが裏目にでた。彼らの試みはすべてわれわれが彼らより強いことを立証することになってしまった、われわれは溺れもせず、食べもせず眠りもせず、溶鉄すら平気だった。われわれの存在自体が木星の生命体に有害ですらある。彼らの奥の手は力場だった。ところがわれわれが力場を必要とせず、絶対零度の真空中でも生存可能であると知ったとき、彼らは力尽きたのだ」彼はふと口をつぐみ思索的な口調でこうつけくわえた。「ああいう種類の自尊心がいったん挫折すると、すべてがだめになってしまうのだ」

二台のロボットはその言葉を反芻した。やがて2号が言った。「しかしまだよくわからない。彼らはなぜわれわれの一挙手一投足に一喜一憂せねばならなかったのか？　われわれはロボットではないか。彼らが戦わなければならない相手ではない」

「そこなのだ、2号」3号はやさしく言った。「わたしがそこに思いいたったのは木星を去った直後だった。われわれはまったく迂闊《うかつ》にも、われわれがロボットであることを彼らに伝えることを忘れていたのだ」

「彼らが訊かなかったからだ」1号が言った。

「そのとおりだ。だから彼らは、われわれが人間だと思いこんでいた、ほかの人間もみなわれわれのような姿をしていると思いこんでしまったのだ!」

彼はもう一度木星をしげしげと眺めた。「彼らが手を引く決心をしたことは疑いない!」

第2部　ロボット工学の諸原則

ロボットＡＬ76号もロボットＺＺ３号も、わたしのロボット観の主流を代表するものではない。わたしがロボット観を明確にうちだしたのは、正確にはロボットものの処女作「ロビイ」が最初である。「ロビイ」はスーパー・サイエンス・ストーリーズの一九四〇年九月号に掲載された（編集者の選んだ、わたし自身は気にくわない「奇妙な遊び友だち」という標題で）。

「ロビイ」ではかなり初歩的な型のまだ喋れないロボットが描かれている。子守りの仕事を立派にやりこなすロボットである。人間に対する脅威になるどころか、創造主を破壊し世界を征服する欲求などとはおよそ無縁の、あたえられた仕事のみを忠実に果たすロボットである（自動車が飛びたがるだろうか？　電球がタイプライターをうちたがるだろうか？）。

わたしは一九四〇年代にこの道を踏みわけながら八つの短篇を書き、これらはすべてアスタウンディング・サイエンス・フィクションに掲載された。題名をあげておこう。

「われ思う、ゆえに……」　一九四一年四月
「うそつき」　一九四一年五月
「堂々めぐり」　一九四二年三月
「野うさぎを追って」　一九四四年二月
「逃避」　一九四五年八月
「証拠」　一九四六年九月
「迷子のロボット」　一九四七年三月
「災厄のとき」　一九五〇年六月

これら八作品に「ロビイ」を加えたものが『われはロボット』と題する短篇集にまとめられ、一九五〇年ノーム・プレス社から出版された。慣例の再版と数冊の外国版を出したのち絶版となったが、ダブルデイ社の進取的な方がたが好企画と目されて、一九六三年に新版を刊行する運びとなった。*

賢くて非メフィストフェレス的なわたしのロボットはまったく新機軸というわけではない。このタイプのロボットはじつは一九四〇年以前にもしばしばあらわれている。『イリアス』の中にはトラブルも危険もない合理的な役割を果たすように設計されたロボットが登場する。あの叙事詩の第十八歌で、テティスが息子アキレスのために神の力によって鍛えられた武具を手にいれるべく鍛冶神へパイストスを訪れる。へパイストスは足が不自由で歩行が困難だった。彼がテティスに会うところを描写したくだりがある(W・H・D・ラウスの英訳より)。

そのとき彼は太い杖にすがり二人の侍女に支えられ足をひきずりながら現われる。侍女たちは生きた乙女そっくりに似せた黄金づくり、頭のなかに分別を宿し、言葉も話し、筋肉を用い、紡ぎ織る心得もあり……

つまり侍女たちはロボットなのだ。

したがって二千五百年という少なからぬ空白があるとはいえわたしはこの分野の先駆者ではないが、近代のロボット物語の創始者としての名声をかちえんがために、わたしは自分のロボットものに終始一貫した舞台をつくった。

一作ごとにわたしは主題を徐々に展開させていった。わたしのロボットはスポンジ状のプラチナイリジウムの合金でつくられた頭脳をもち、頭脳回路は陽電子の生成と消滅の信号によって決定される（むろんそれらがいかにしてなされるかわたしにはわからない）。その結果わたしの創造物は、陽電子ロボットとして知られるところとなった。

　わたしのロボットの陽電子頭脳を設計するためには、テクノロジーの複雑で広範な新分野が必要で、わたしはこれに〈ロボット工学《ロボティックス》〉なる名称をあたえた。わたしにとってこの名称は〈物理学《フィジックス》〉や〈機械学《メカニックス》〉などのようにごく自然に思われた。だが驚いたことにこれは新造語でウェブスター大辞典の二版、三版のいずれにも収録されていない。

　なかんずく重要なことは、わたしが〈ロボット工学三原則〉と名づけたものを活用したことである。これはロボットの頭脳を設計するさいの基盤となるもの、ほかのいっさいは補足的なものとする設計原則を言葉にあらわしたものだ。

　それは次の三カ条である。

第一条　ロボットは人間に危害を加えてはならない。また、その危険を看過することによって、人間に危害を及ぼしてはならない。

第二条　ロボットは人間にあたえられた命令に服従しなければならない。ただし、あたえられた命令が、第一条に反する場合は、この限りではない。

第三条　ロボットは、前掲第一条および第二条に反するおそれのないかぎり、自己をまもらなければならない。

現代ＳＦのロボットものの性質を大きく変えたのは、明らかにこれらのロボット工学三原則である（「堂々めぐり」ではじめて明示されている）。創造主に反抗するという古いロボットは、それが単に第一条に反するという理由で質のいいＳＦ雑誌ではほとんど見あたらない。ロボットものの作者の大多数は、三原則をはっきりと引用はせず、ごく当然のものとして取り入れているし、読者もそうしてくれるものと思っている。

じっさいわたしがもし将来、名を残すとしたらそれはロボット工学三原則のおかげだと人は言う。ある意味ではこれはわたしにとって迷惑である。なぜならわたしは自分が科学者だと思っているので、架空の科学の架空の基礎理論によって名を残すのは困るのだ。だがもしロボット工学がわたしの作品に描かれているようなきわめて高いレベルに達することがあれば、三原則のようなものが実現するかもしれない、もしそうなったら、わたしはたぐいまれな勝利をかちえるであろう（嗚呼、死後ならん）。

わたしの陽電子ロボットものは二つのグループに分類される。スーザン・キャルヴィン博士が登場するものとそうでないものだ。そうでないものはたいていグレゴリイ・パウエルとマイク・ドノヴァンの二人組が登場し、試作モデルを実地テストする任にあたり、必ずロボットたちとのあいだに悶着が起きる。三原則は新しいプロットに必要なトラブルや曖昧《あいまい》さを供給する多義性を充分にそなえている。そしてありがたいことに、三原則の六十一語からわたしは無限のアイディアを汲みだしうるのだ。『われはロボット』の八篇のうち四篇はパウエルとドノヴァンの話である。あの本の出版後、わたしはもうひとつ同じような話、いやドノヴァン一人が登場する話を書いた。ここでわたしはふたたびわたしのロボットを犠牲にしたふざけた話を書いてしまったが、この話を語るのはわたしではなくドノヴァンであり、彼の話すことにわたしは責任はない。

「第一条」はファンタスティック・ユニヴァース・サイエンス・フィクションの一九五六年十月号に掲載された。

＊この短篇集の新版が刊行されたので、わたしのロボットものの限定版ともいうべき本書に、これは収録されない。慧眼なる読者は本書が *The Rest of the Robots* と名づけられた所以《ゆえん》を悟られるだろう。

第一条

First Law

マイク・ドノヴァンはからのジョッキを見つめ、うんざりして、ひとの話を聞くのはもうあきあきだと思った。そこで彼は大声で言った。「風変わりなロボットの話なら、おれは第一条に従わなかったやつを知ってるぜ」

それはおよそありえないことだったので、一座の者はぴたりと口を閉ざしてドノヴァンのほうを見た。

ドノヴァンはたちまち自分の軽率を悔い、話題を変えた。「きのうね、おもしろい話を聞いてね」とうちとけた調子で話しだす。「それがまた――」

となりにいたマックファーレンが言った。「きみは人間に危害を加えたロボットを知っていると言うんだね？」第一条に従わないということは、すなわちそういうことになるのだ、もちろん。

「まあね」とドノヴァンは言った。「ところで、きのう聞いた話だがね——」

「いまの話をしろよ」とマックファーレンが命じた。他の者たちもジョッキをテーブルにがつんと置いた。

ドノヴァンは観念した。「十年前、タイタンで起こったことだ」彼は大急ぎでそのあとを考えながら言った。「時は二五年だ。タイタン向きに設計された三台の新型ロボットが着いたばかりでね。MAモデルのいちばん最初のやつだ。おれたち、そいつをエマ1号、2号、3号と呼ぶことにした」そこで指をならしてビールをもう一杯注文し、給仕の後ろ姿をじいっと眺めた。「さて、この先はどうなるか」

マックファーレンが言った。「おれはもう人生の半分、ロボット工学をやっているがね、マイク。MAモデルなんてやつは聞いたことがないよ」

「それはだ、MAモデルは生産を中止しちまったからさ——これから話す事件の直後だ。おぼえていないのかい?」

「ああ」

ドノヴァンは話の先を急いだ。「おれたちはそのロボットをさっそく仕事につかせた。それまでは基地も、暴風期にはまったく役に立たなかった、なにしろタイタンの一年の八割は暴風期なんだ。猛吹雪になりゃ百ヤードしかはなれていなくても基地が見つからない。コンパスは使いものにならないのさ、タイタンにゃ磁場がないからね。

Mロボットの利点は、新設計の振動検波器を装備していることで、なにがあろうと基地へ一直線に戻ってこれるんだ、つまり採掘が季節を問わずにできるということだな。おっと待った、マック、振動検波器も市場から回収されちまったから、きみは聞いたこともないだろう」ドノヴァンは咳をした。「軍事機密なんだ、おわかりのように」

彼は話を続けた。「ロボットは最初の暴風期にはよく働いた、ところが無風期にさしかかるころからエマ2号の調子が狂いだした。どっかの隅っことか梱《こり》の下にもぐりこんじゃうんだ、それでこっちはなだめすかして引っぱりだすのに大骨だ。しまいにゃ基地から出ていったきり帰ってこないんだ。彼女にゃ機械的な欠陥があるんだろうということで、残りの二台だけでやっていくことにした。だがそれじゃやっぱり人手不足、おっとロボット不足だ、無風期の終わりのころにだれかがコーンスクまで行かにゃならん羽目になった、おれが志願した、ロボットを連れずに行くんだ。安全なはずだった、暴風期に入るまでにはあと二日ある、それに大目に見ても二十時間以内には帰れるんだ。

戻り道のことだ――基地まであと十マイルというところで――風がにわかに吹きだして雲行きが怪しくなった。エアカーが風にたたきつけられないうちにおれはいちはやく着陸して、基地の方角に向かってまっすぐに走りだした。低重力だからそれぐらいの距離は軽いもんだ。だがまっすぐに走れるかってことさな？　それが問題だ。空気は充分あるし宇宙服のヒートコイルの調子もいい、だがタイタンの嵐の中を十マイルといやあ、無間《むげん》地獄みたいなもんだ。

それから雪が降りだしてあたりはぼうっと薄暗くなってきて、土星はぼんやりとしか見えないし、太陽は灰色のにきびというところさ、そのときだ、おれはふいに足をとめて、吹きつける風に向かって体をのりだした。すぐ先に黒っぽい小さいものがいる。かろうじて見えるくらいだったが、それがなにかおれにはわかっていた。風狼《かざおおかみ》の子さ、タイタンの嵐にも平気な動物はこいつだけで、とても危険なしろものだ。こいつに襲われたら宇宙服も頼りにならん、かといってこう暗くちゃ標的が近づくのを待ってにゃならん、めったなことでは撃てないんだ。一発まちがえば襲いかかってくるんだから。

おれはじりじりと後じさりした。するとその黒いやつもついてくる。そいつが追ってくるのを見て、おれはお祈りしながらブラスターをあげた、とそのときだ、だしぬけに大きな影がおれの前に立ちはだかって、それを見たときにゃ思わずヤッホウと言ったね。エマ2号だったんだよ、いなくなったMAロボットさ。どうしてこういうことになったのか、なぜやっこさんがこんなところへあらわれたのか、おれはべつに考える気はなかった。おれはただわめいた。「エマ、ベイビー、あの風狼をやっちまえ、それからおれを基地まで連れてってくれ」

あいつはおれの言葉が聞こえなかったみたいな顔つきでおれを見て、それから大声でさけんだ。

しようが戻ってこようとしない。おれを嵐の中におきざりにしやがったんだ」

がだ、やつは獲物をひっかつぐとどんどん行っちまうじゃないか。大声でわめこうがどう

「その狼野郎をつかまえろ、エマ」とおれはさけんだ。エマは見事につかまえた。ところ

あいつは風狼にものすごい勢いで飛びかかった。

「ご主人、撃ってはいけない、撃ってはいけない」

ドノヴァンは芝居がかりに口をつぐんだ。「もちろんきみたちは第一条は知ってるな。ロボットは人間に危害を加えてはならない。また、その危険を看過することによって、人間に危害を及ぼしてはならない！　エマ2号はあの風狼をかついでずらかって、おれを見殺しにした。あいつは第一条を破ったんだ」

幸いおれはぶじ嵐を切り抜けた。三十分後に嵐はしずまった。時ならぬ嵐で一時的なものだったのさ。こういうことはときどきあるんだ。おれは大急ぎで基地に戻った。翌日から本格的な嵐になったがね。エマ2号はおれより二時間あとに帰ってきたよ、むろんこの謎はときあかされて、MAモデルはすぐさま市場から回収されたがね」

「それでいったい」とマックファーレンが言った。「その謎ときってやつはなんだい？」

ドノヴァンは真面目くさった顔で相手を見た。「おれが死の危険にさらされていた人間だったことはたしかだな、マック、だがあのロボットには、おれより大事なもの、第一条

より大事なものがあったんだよ。あのロボットがMAモデルだったってことを忘れちゃいかんよ、あのMAロボットは消える前にしきりに自分ひとりの隠れ場を探しまわっていたんだ。まるでなにか特別なこと——きわめて個人的なことが起こるのを待ってるみたいにね。そしてたしかにある特別なことが起きたんだよ」

ドノヴァンの目はうやうやしげに上をむいた、声がうわずった。「あの風狼は、じつは風狼じゃなかったんだ。エマ2号がそいつを連れて帰ったとき、おれたちゃそいつにエマ・ジュニアって名をつけた。エマはそいつをおれのブラスターから守らなくちゃならなかった。母性愛の神聖なる絆に比べたら、第一条なんか屁でもないだろう?」

『われはロボット』以前の作品だが、ごく初期の作品を除いてスーザン・キャルヴィンも、パウエル、ドノヴァン二人組も登場しない最初の作品という意味で珍しいものだ。

「みんな集まれ」はインフィニティ・サイエンス・フィクションの一九五七年二月号に掲載された。

これはもうひとつの意味で珍しい作品だ。これを発表した二年後にわたしは再録の要請を受けた。そこでわたしは（非常におっちょこちょいなので）「どうぞどうぞ！」と言った。掲載誌を受けとってみると、あにはからんや、それは衣服を脱いだすばらしい女体を特色とするたぐいの雑誌だった。

わたしはすばらしい女体に異議を唱えるつもりはさらさらないが、わたしの頭に疑問がうかぶのはやむをえなかった。「みんな集まれ」はセックスはおろか女性は一人も登場しない。それなのになぜあの雑誌が載せたがったのだろう？

おそらく（とわたしは思った）いい話だと思ったのだろう。
きっとそうにちがいない。少なくともわたしはそう願っている。

みんな集まれ

Let's Get Together

平和といえる状態が、一世紀にも及んでいたので、人々は、それ以外の状態がいかなるものだったか忘れてしまった。たとえ、一種の戦争がついに口火を切ったことに気づいたとしても、彼らはどう反応すればよいのか、およそわからなかっただろう。

ロボット技術局の局長、イライアス・リンが、ようやくそれに気づいたとき、彼もまたどう反応すべきなのか心もとなかった。ロボット技術局は、ここ一世紀来の地方分権政策に従って、シャイアンを本拠としている。リンは、その重大なニュースをワシントンからもたらした若い情報局員の顔を半信半疑で見つめていた。

イライアス・リンは魅力的といっていいくらい質朴な大男で、空色の目が心もちとびだしている。この目で見つめられると、ひとはみな落ち着かないそぶりを見せるが、若い情報局員は泰然としていた。

リンはこういう場合まず示すべき反応は、不信であるべきだと思った。まったく、寝耳に水だ！　とても信じられない！

彼は、ゆったりと椅子の背によりかかると、おもむろに訊いた。「その情報は、どの程度、信頼性があるのかね？」

ラルフ・G・ブレックンリッジと名のり、身分証明書を示した情報局員は、若さのもつ柔軟さをそなえていた。豊かな唇、すぐに紅潮するふくよかな頬、誠実そうな目。着ている服は、シャイアンでは場ちがいの感じだが、一般にエアコンディショナーの完備しているワシントンには――情報局だけはいぜんとして中央に置かれている――ふさわしい。

ブレックンリッジはさっと顔を赧《あか》らめた。「疑う余地はまったくありません」

「きみたちは、**彼ら**のことなら、なんでもご存じだろうから」とリンは言ったが、その口調から皮肉なひびきを拭いさるわけにはいかなかった。〈敵〉の代名詞である**彼ら**という言葉を使うとき、文字なら大文字にあたるほどの強いアクセントをまったく無意識においていた。それが、彼の世代とその前の世代の文化的習慣だった。もはや、〝東〟とか、〝アカ〟とか、〝ソ連〟とか、〝ロシア〟とか言う者は、だれもいなかった。**彼ら**の中に、〝東〟でもなく、〝アカ〟でもなく、〝ソ連〟でも〝ロシア〟でもない分子がふくまれるようになったため、それらの表現が非常にまぎらわしくなったからだ。**われわれ**と言い**彼ら**と言ったほうが、はるかに簡単で、はるかに正確だった。

旅行者たちがしばしば報告するところによると、**彼ら**も、まったく同じ表現法を用いているという。あちらでは、**彼ら**は、みずからを〝われわれ〟（彼ら固有の言語で）と言い、**われわれ**を〝彼ら〟と呼んでいるそうである。

しかし、もはや、そうしたことにこだわる人間はいなかった。人々は気楽にやっていた。憎しみさえ存在しなかった。はじめのうち、それは冷戦と呼ばれていた。今日では、それも単なるゲーム、暗黙のルールと作法をもった品のいいゲームだった。

リンがふいに口を開いた。「**彼ら**はなぜ現状を乱したいのかね？」

彼は立ちあがり、壁の世界地図を見つめた。それは、うすい色で縁どられた二つの地域に分けられている。地図の左側のでこぼこした線にとりかこまれた地域はうす緑色で縁どられている。右側の、ややせまい、同じようにでこぼこな線でかこまれた地域は、あせたようなピンクで縁どられている。これが、**われわれ**で、**彼ら**なのだ。

一世紀のあいだ、この地図にたいした変化はなかった。八十年ほど前に、**われわれ**が台湾を失い、東ドイツを得たことが、もっとも最近の領土の目立った重要な変化である。

もうひとつ変化があったが、これは重要な意味をもっている。それは色の変化だ。二世代前には、**彼ら**の領土は、鮮血のような赤い色だった。**われわれ**の領土は、汚れのない純白だった。それがいまでは、中間色になっている。リンは、**彼ら**の世界地図を見たことがあるが、それは**彼ら**の場合も同じだった。

「**彼ら**がそんなことはするまい」リンは言った。

「それがしているんです」ブレックンリッジは言った。「事実は事実と認められたほうがよろしいですよ。むろん、お気持はわかりますよ、ロボット工学の面で**彼ら**にそこまで先んじられたと思えば、いい気持はなさらないでしょう」

若い情報局員の目はいぜんとして無邪気だったが、言葉の裏にかくされた鋭い刃《やいば》は、リンの胸をぐさりと突きさし、彼はその衝撃のはげしさに身震いした。

むろんそれは、ロボット技術局の局長が、こんな重大なニュースを、いまごろ、しかも一情報局員の口から聞かされた所以《ゆえん》を充分に説明していた。リンは、政府の見地からいえば社会的な地位を剝奪されたのと同じだ。もしロボット工学関係者の努力がじっさいに足りなかったのだとすれば、リンは政治的に情状酌量の余地のない立場に立たされるだろう。

リンは重い声で言った。「たとえきみの言うことが事実だとしても、**彼ら**は、**われわれ**をそれほど引きはなしているわけじゃない。**われわれ**だって、ヒューマノイド・ロボットは作れる」

「作りましたか?」

「ああ。事実、実験的にモデルを数台、試作した」

「**彼ら**が試作したのは十年前です。それから、十年の進歩です」

リンは動揺した。そしてこの恐るべき情報を信じまいとする気持は、自分自身の仕事と名誉が傷つけられはしまいかという恐怖から生まれているのではなかろうか、と思った。ありうると思うとリンの心は乱れたが、彼はなおも、防御の構えを敷かずにはいられなかった。

彼は言った。「いいかね、きみ、**彼ら**と**われわれ**のあいだの膠着状態《ステールメイト》はあらゆる点で完璧だったことはないんだ。ある面では**彼ら**が先んじ、ある面では**われわれ**が先んじている。もし**彼ら**のロボット工学が、現在**われわれ**より先んじているとすれば、それは**彼ら**が、**われわれ**以上にロボット工学に努力を傾注した結果だろうね。ということはつまり、当然ほかの分野で、**われわれ**の成果の恩恵に浴しているというわけだ。つまり力場や超原子工学の領域では、**われわれ**に歩《ぶ》があるだろう」

リンは、両陣営間の膠着状態が完全だったためしはないと言った自分の言葉に苦々しさを感じた。たしかにそれは事実だったけれども、これは、世界を脅かしているひとつの大きな危険なのだった。世界の平和は、両陣営の膠着状態ができうるかぎり完璧かどうかにかかっている。もし、つねに存在しているごくわずかな不均衡が、どちらかに偏ったら――

冷戦と呼ばれる段階の当初、両陣営が熱核兵器を開発し、ために戦争は不可能となった。そして両者の競争は軍事面から、経済面に、そして心理面にと移され、今日《こんにち》にいたっている。

しかるに両陣営は、つねに、膠着状態を破ることに、そしていかなる攻撃もかわしうる方法と、うまくかわされないような攻撃法――つまりふたたび戦争というものを可能にするようなもの――を開発することに、やっきとなっていた。それは、両陣営が、戦争を切望していたからではなく、互いに、相手が先に決定的な方法を発見をするのではないかと恐れたからだった。

百年のあいだ、両陣営はこうした努力を持続した。そしてそのあいだ、平和は百年にわたって維持され、両者のたゆまざる研鑽の副産物として、力場が作られ、太陽エネルギーの開発がすすみ、昆虫管理が行なわれ、ロボット工学はめざましい進歩をとげた。さらに両陣営とも、メンタリックス、つまりそれは思考の生化学と生物物理学にあたえられた名称だが、それを理解する糸口をつかみはじめていた。火星と月には両者の基地が建設された。こうして人類は、強制徴兵制度のもとでめざましい前進をつづけていた。

また、両者とも、その陣営内では、穏健にして人道的でなければならなかった、暴政や圧制政治によって、同志を相手の陣営にとられないように。

いまさら、この膠着状態が破られ、戦争がはじまろうはずがない。

リンは言った。「部下のものに相談したい。彼の意見が聞きたい」

「信頼できる人物ですか？」

リンは苦りきった顔をした。「ご挨拶だね。ロボット工学関係者は、きみたちのところでとことん調査されたんじゃないのかね？　ああ、わたしが保証する。ハンフリイ・カール・ラズロのような男を信頼できないなら、**彼ら**が仕掛けたという攻撃にわれわれは太刀うちできない、たとえどんな手を打とうと」

「ラズロのことなら聞いています」ブレックンリッジは言った。

「そうか。で、合格かね？」

「はい」

「では、彼を呼んで、意見を聞くことにしよう、ロボットがUSAに侵入しうる可能性について」

「それは正確ではありません」ブレックンリッジは穏やかに言った。「この明白な事実を、まだ受け入れてはいただけませんね。どうか、彼にはこうお訊きになってください、ロボットがUSAにすでに侵入しているという事実について」

　ラズロは、かつて鉄のカーテンと呼ばれたものを破ってきた一ハンガリー人の孫にあたる。そのために、自分には疑いは及ばないという安心感があった。ずんぐりしていて頭は禿げており、獅子鼻があぐらをかいている顔には挑戦的な表情が永遠に刻みつけられているが、言葉は明らかにハーヴァード訛りで、いささか度をこしているかと思われるようなおっとりとしたもの言いだ。

長年、煩瑣《はんさ》な行政事務にたずさわっていたために、自分が、現代ロボット工学の多種多様な面におけるエキスパートではなくなったことを充分承知しているリンにとって、ラズロは、完璧な生き字引きだった。ラズロがそばにいるだけで、リンは気が楽になるのだった。

リンは言った。「きみはどう思う？」

ラズロは苦虫をかみつぶしたような顔をした。「**彼ら**に、それほど引きはなされたとは、とうてい信じられません。だって、それはまぢかで見ても人間と区別のつかない人型ロボット《ヒューマノイド》を作ったということですね？ **彼ら**のロボット精神学が、かなりの進歩をとげたというわけだ」

「あなたは個人的な感情にとらわれている」ブレックンリッジは冷然と言った。「職業上のプライドは抜きにして、なぜ、**彼ら**が、**われわれ**に先んじることはありえないというのですか？」

ラズロは肩をすくめた。「**彼ら**のロボット工学関係の文献はよく読んでいますからね。**彼ら**がどのへんのところにいるか、およそ見当はつく」

「**彼ら**が、そのへんのところにいるとあなたがたに思わせておきたいのはおよそ見当がつく、あなたはそう言いたいわけですね」ブレックンリッジは訂正した。「あなたは、あちらへ行ったことがありますか？」

「ないですね」ラズロは無愛想に言った。

「あなたも、ドクター・リン？」

「ええ、ご同様」リンは答えた。

「ここ二十五年間に、あちらを訪れたロボット工学関係者はいますか？」答えはわかっているぞというような自信ありげなブレックンリッジの尋ね方だった。

しばらく考えるあいだ、空気は重くよどんだ。不快の色がラズロの幅広い顔をよぎった。

ラズロが答えた。

「そう言えば、**彼ら**は、しばらくロボット工学会というものを開きませんね」

「二十五年間もですよ」ブレックンリッジが言った。「なにか意味があるとは思いませんか？」

「そうだね」ラズロはしぶしぶ答えた。「だが、ほかにひっかかることがある。**彼ら**は**われわれ**のロボット工学会にも出てこない。ぼくの記憶しているかぎりでは、ただのひとりも」

「招待はしましたか？」ブレックンリッジが訊いた。

眉を曇らせたリンが急いで口をはさんだ。「もちろんだ」

「すると**彼ら**は、**われわれ**の主催するほかの分野の科学関係の学会にも、出席を拒否しているのですか？」ブレックンリッジは訊いた。

「さあどうかな」ラズロは言って、部屋の中を行ったり来たりする。「そういうケースは聞いていません。お聞きになりましたか、チーフ？」

「いいや」リンは言った。

「するとこうは考えられませんか、**彼ら**は、招待されたお返しに**われわれ**を招待しなければならない立場におかれるのを望まなかった？　あるいは、**彼ら**の仲間が、喋りすぎるのを恐れた？」ブレックンリッジは言った。

いかにもありそうなことだと、リンは思った。そう思うと、情報局の話はいよいよ真実だという絶望的な確信が、ひしひしと胸にせまった。

それ以外に、ロボット工学者の交流がなかったという事実を説明するものがあるだろうか？　アイゼンハワー、フルシチョフ時代の昔にさかのぼれば、双方の研究者たちは、まったく個人ベースでぽつりぽつりと交流を行なっていたのだ。それには、さまざまな理由があった。科学というものの国家を超えた側面に対する真摯な理解、つまり、個人個人の人間のあいだでは完全に断ちきりがたい友情の絆、新鮮な興味ある見解に触れたいという欲望、そしてまた自分のやや古ぼけた理論を、新鮮で興味あるものとして迎えてもらいたいという願望などだ。

双方の政府は、こうした状況が永続することを切望した。相手にはほんのちょっぴりしかあたえず、相手からできるかぎりどっさり学びとるならば、こうした交流によって得るものは多いという明白な考えがつねにあった。

しかし、ロボット工学の場合はそうではない。この分野ではなにもなかった。信条を支えるにはあまりにもささやかなもの。それに**彼ら**はそれをずっと知っていたのだ。リンは暗澹とした思いにとらわれた、**われわれ**は、安易な逃げ道を取ってきたのだと。あちら側は、ロボット工学についてはなにも公《おおや》けにはしなかった。だから、こちら側がいい気になってふんぞりかえって、優越感にひたりたくなるのも無理はなかった。**彼ら**が、しかるべき時の来るまで、切り札を隠していることは可能なばかりか、いかにもありそうなことだと、なぜ思えなかったのだろうか？

ラズロは、震える声で言った。「どうしたらいいでしょう？」リンと同じような考えをたどった結果、同じ確信が彼に生じたのは明らかだった。

「どうしたら？」リンはおうむがえしに言った。確信とともに生じた恐怖についてしか、いまの彼には考えられなかった。このアメリカのどこかに、TC爆弾の一部をもった十人のヒューマノイドがいる。

TC！　爆弾作りの恐怖レースは、これで終わっていた。TC！　完全消滅《トータル・コンヴァージョン》！　太陽という言葉は意味を失ってしまう。TCに比べれば、太陽さえ、蝋燭の灯にすぎないのだ。

十人のヒューマノイドがはなればなれならば、まったく無害だが、ただ一カ所に集まることによって、恐るべき兵器となり、そして――

リンは、のっそりと立ちあがった。ふだんから彼の不細工な顔にはげしい不安の表情をあたえている目の下の黒いくまが、いっそうきわだっていた。

「ヒューマノイドを識別する方法を探すこと、ヒューマノイドを探しだすこと、これがわれわれの任務だ」

「どれだけ急げばいいのだろう？」ラズロがつぶやいた。

「遅くとも、彼らが集結する五分前に」リンは大声で言った。「そしてそれがいつだか、われわれにはわからない」

ブレックンリッジはうなずいた。「とにかくみなさんがおられるのでよかった。さっそく、ワシントンの会議に出席していただかなければなりません」

リンは眉をあげた。「わかった」

彼は思った、もし自分の納得の仕方がもう少し遅ければ、自分の地位は危かったのではあるまいか――そして、だれかほかの人物が、ロボット技術局長としてワシントンの会議に出席したのではないか、と。そうなっていたほうがよかったのにと、彼はふいに心からそう思った。

大統領首席補佐官、科学庁長官、情報局長、リン、それにブレックンリッジ。この五人が、ワシントンに近い地下深く作られた会議室のテーブルをかこんだ。

大統領首席補佐官ジェフリイズは、なかなか堂々とした人物だった。顎の肉が心もちたれた、白髪の恰幅のいい思慮深そうな端正な男で、大統領補佐官として政治面では控え目だった。

彼はきびきびと話しだした。

「見るところわれわれの直面している問題は三つあります。第一、ヒューマノイドはいつ集結するか？　第二、どこに集結するか？　第三、彼らの集結を、事前にいかに阻止するか？」

科学庁長官アンバーリイは、その言葉にはげしくうなずいた。長官になる前は、ノースウェスタン工科大学の学長だった。目鼻だちの鋭い、見るからに神経質そうな痩身の男だ。人さし指が、ゆっくりとテーブルに円をかいている。

「いつ集結するかという点だが」と彼は言った。「ここしばらくないことは、たしかでしょう」

「なぜ、そう言いきれるのですか？」リンは鋭く言った。

「彼らは、少なくとも一カ月前に、USに侵入しています。情報局長の話では」

反射的にブレックンリッジのほうへ向けられたリンの視線は、情報局長のマカラスターにさえぎられた。マカラスターは言った。「この情報は信頼するにたるものだ。ブレックンリッジ君の外見の若さに惑わされないように、リン博士。それが、彼の取り柄のひとつだが。じっさいは三十四歳で、十年間、情報局で働いている。モスクワには一年近く滞在していて、彼がいなければ、この恐るべき危険も知らずじまいだったかもしれない。そんなわけで、今回の事件のほぼ全貌はつかんでいる」

「重要なことはつかんでいない」リンは言った。

マカラスターは、冷笑をうかべた。肉づきのいい顎、間隔のせまい目などは、世間のよく知るところだが、それ以外のことはほとんどなにもわからない。彼は言った。「われわれ人間には限界というものがありますよ、リン博士。ブレックンリッジ情報局員はよくやってくれた」

ジェフリイズ補佐官が、くちばしを入れた。

「われわれにいくばくかの時間が残されているとしましょう。即時行動が必要なら、もうとっくに事は終わっているはずです。察するところ、彼らは、ある特定の時機を待っているようですな。場所さえわかれば、おのずからその時もわかるでしょう。もし彼らが目標をTCするつもりなら、できうるかぎりわれわれの戦闘力を奪いたいだろうから、まあ、大都市が目標になりましょうな。いずれにせよ、TC爆弾の目標に値しうるのは、主要都市ですよ。まず、四つの可能性が考えられる。政治の中心地としてワシントン、経済の中心地としてニューヨーク、二大産業都市としてデトロイトとピッツバーグ」

マカラスター情報局長が言った。「わたしはニューヨークだと思う。行政と産業は分散させられているから、特定の都市をひとつばかり破壊しても、即時報復を阻止しうることになりませんからね」

「では、なぜニューヨークとお考えですか？」アンバーリイ科学庁長官が訊いた。その口調は、たぶん彼が意図したより鋭かったにちがいない。「経済機構も分散している」

「士気の問題ですよ。**彼ら**の意図は、抵抗の意志を挫くこと、最初の一撃で恐怖のどん底におとしいれ、降服させることかもしれない。人間をもっとも大量に殺戮できるのは、ニューヨークの都心で――」

「血も涙もないような――」リンはつぶやいた。

「そう」とマカラスター情報局長は言った。「しかし、**彼ら**にはできる、もし、その一撃で、最後の勝利をかちうると思えば。われわれにしても――」

ジェフリイズ補佐官は、白髪をさっとかきあげた。「最悪の事態を想定しましょう。ニューヨークが、冬の最中に攻撃を受けたとする、猛吹雪に見まわれた直後なんかがいい、交通事情は最悪で、その結果周辺地区における電気、ガス、水道等諸施設の破壊、食料品の欠乏が、もっとも憂慮すべき事態を引き起こすだろう。さて、われわれは、彼らをいかに食いとめるか」

アンバーリイ長官には、こうとしか言えなかった。「二億二千万の人間の中から、十人の人間を探しだすのは、とほうもなく大きな干草の山から、目に見えないほど小さな針を見つけだすようなものだ」

ジェフリイズはかぶりを振った。「それは間違いですよ。二億二千万の人間の中の十人のヒューマノイドだ」

「違いはない。ヒューマノイドは、一目で人間と見わけがつくかどうかわからないのだから。おそらく見わけはつくまい」

アンバーリイ長官は、リンを見た。みんなが、彼を見た。

リンは、重苦しい声で言った。「シャイアンでは、白昼、人間と見わけのつかないようなヒューマノイドは、まだできません」

「しかし**彼ら**にはできた」マカラスター情報局長は言った。「しかも肉体面ばかりでない。それはたしかだ。頭脳の分野においても、大脳の微小電子パターンを取り出し、そのパターンを、ロボットの陽電子頭脳回路に刻みこむことができるほど進歩している」

リンは目をみはった。「すると、**彼ら**は、人格、記憶ともに完全な人間の複製を作ることができるというのですか？」

「そうです」

「特定の人間の複製でも？」

「そのとおりです」

「それも、ブレックンリッジ情報局員の調査によるものですか？」

「ええ。論じる余地のない明白な事実です」

リンは頭をたれてしばらく考えこんだ。やおら彼は言った。「するとUSに侵入した十人は、人間ではなくヒューマノイドである。しかしその原型となった十人の人間は、彼らの思うままになったはずだ。東洋人ではないでしょう、目立ちすぎますからね。とすると、東ヨーロッパ人種にちがいない。では彼らは、わが国へどのような形で入国したか？　あちら側との国境にはレーダー網がくまなく張りめぐらされているというのに、人間であれ、ヒューマノイドであれ、わが国へいかに送りこむことができたのでしょうか？」

マカラスター情報局長が言った。「それはできる。国境を自由に行き来している連中はいくらでもいるのだから。ビジネスマン、パイロット、観光客。むろん連中は、両側から監視はされている。しかし、その中の十人が拉致《らち》され、ヒューマノイドの原型として使われたということはありうる。そしてそのヒューマノイドが、かわりに送りかえされる。こちらは、もともとそんなすりかえが行なわれるとは夢にも考えていないから、われわれの目は容易にごまかせる。もしその十人が、もともとアメリカ人なら、わが国へ入るには、なんの困難もない。ごく簡単なことですよ」

「友人や家族にも、違いがわからないのですか？」

「そう思うより仕方がない。われわれとしても、突然、記憶喪失症にかかったとか、性格が妙に変わったとかいうような事例の報告を待っているわけでね。すでに数千例についてチェックした」

アンバーリイ長官は指の先をじっと見つめながら言った。「ふつうのやり方ではうまくいくとは思えません。攻撃は、ロボット技術局からはじめるべきだ。わたしは、局長を信頼している」

ふたたび一座の視線が、すがるようにリンの上に注がれた。

リンの胸には、苦々しさがこみあげた。それが、この会議の意図だったのだ。いま行なわれた論議も、単なる蒸しかえしにすぎない、それは確かだとリンは思った。この事件の解決策など、可能性のある提言などなかったのだ。会議は、単に記録のための道具にすぎない、敗北を認めることをひたすら恐れ、責任をほかの人間になすりつけたい人間のための道具なのだった。

しかもなお、これには大義名分があった。**われわれ**が、遅れをとっているのはロボット工学である。そしてリンは、単にリン個人ではない。彼はロボット工学のリンであり、責任はすべて彼に帰せられるべきなのだ。

彼は言った。「できるかぎりのことはしてみましょう」

その夜、リンはまんじりともしなかった。翌朝、身心ともに憔悴しきってはいたが、ジエフリイズ大統領補佐官にふたたび会いに出かけた。ブレックンリッジがすでに来ていた。リンは、補佐官と内々で話したかったが、この場合、やむをえなかった。今回のめざましい情報活動のゆえに、ブレックンリッジが政府筋に大きな発言力をもっていることは否めない。まあ仕方ないではないか。

リンは言った。「われわれは、敵方の扇動にのせられているのではないかと思うのですが」

「と言うと？」

「一般市民がときに辛抱しきれなくなろうと、国会議員が、ときどき話しあうのが得策であると考えようが、少なくとも政府は、両陣営間の膠着状態が、有益であることは認めています。**彼ら**もそれは認めているはずです。TC爆弾一個とヒューマノイド十人では、この膠着状態を崩すには、微力にすぎると思いますが」

「一千五百万の人間を殺戮できるものが、微力とは言えないだろう」

「世界的な力の観点からいえば、微々たるものです。それぐらいのもので、われわれが士気を沮喪し、降服を望んだり、もはや勝ち目はないのだとあきらめたりするとは思えませんね。むしろ両陣営が、長年たくみに回避してきた、惑星の死をもたらす最終戦争、これの口火になるかもしれません。それにしても、**彼ら**になしうるのは、都市をひとつ奪って、われわれにむりやり戦わせることです。決して充分とは言えませんね」

「なにを言いたいのかね？」ジェフリイズは突きはなすように言った。「彼らが、十人のヒューマノイドをわが国に送りこまなかったと言うのか？　集結の日を待っているTC爆弾など存在しないと言うのか？」

「そういうものがわが国に存在することは認めます。しかし、彼らの意図は、真冬の爆弾騒動などより、もっと大きなものだと思いますね」

「と言うと？」

「ヒューマノイドの集結によってもたらされる物理的破壊は、われわれの身における最悪の事態ではないでしょう。彼らがわが国に存在するという事実によってもたらされる心理的動揺についてはどうですか？　ブレックンリッジ情報局員に当然の敬意をはらわせていただくとして、もし彼らの意図がわれわれにヒューマノイドを探させることにあるのだとしたら、どうです？　そのためにブレックンリッジを利用したのだとしたら？　ヒューマノイドは永久に集結せず、単にわれわれを攪乱するために分散しているのだとしたら？」

「なぜ？」

「よろしいですか、これらのヒューマノイドに対して、すでにいかなる対策が講ぜられていますか？　情報局は、最近国境を出入りしたもの、あるいは拉致が可能な区域内に近づいたものたちのリストを徹底的に調べるでしょう。また、マカラスターが昨日指摘していましたから、疑わしい精神病患者関係も洗いだしていると思います。そのほかには、どうですか？」

ジェフリイズは言った。「大都市の主要箇所に、小型X線装置をとりつけた。たとえば大勢の人間の集まる――」

「たとえば、フットボールやエア・ポロの競技場といった、十人のヒューマノイドが十万人の人間の中にもぐりこめるような場所ですね？」

「まさに」

「コンサートホールとか教会とか？」

「とにかく、どこかから手をつけなくてはならない。なにもかも一度にはできない」

「とくにパニックを避けなければならないときにですね？」リンは言った。「そうじゃありませんか？　いつなんどき予期せぬときに、予期せぬ都市とその住民が突如蒸発するかもしれないなんていうことを、一般市民に悟らせてはなりません」

「そんなことは当然だ。いったいなにが言いたいのかね？」

リンは語気をゆるめなかった。「われわれの国家的エネルギーの大きな部分が、アンバーリイ氏の言われた、とほうもない大きさの干草の山から、目に見えないような針を探すという、厄介な仕事にそっくり振りむけられるわけですよ。われわれが、自分の尻尾を狂ったように追いかけているすきに、**彼ら**は、着々と研究を進め、気がついたときには、われわれは大きく水をあけられている。そうなれば、報復の機会もあったものではない、しやっぽを脱いで降服するより仕方がありません。そればかりではない、われわれの対策にかかわりをもつ一般市民が増えれば増えるほど、われわれのしていることを憶測する人間が増えれば増えるほど、この情報は洩れるでしょう。そうしたらどうなると思いますか？　ＴＣ爆弾どころではない、パニックという凶器が、われわれに恐るべき災厄をもたらしますよ」

大統領補佐官は、いらいらした様子で言った。「いったいぜんたい、われわれになにをしろと言うのかね？」

「なにもするなと」リンは言った。「**彼ら**のお手並みを拝見する。いままでどおり暮らしていればいい、**彼ら**が、爆弾一発分だけ先んじたからといって、よもや膠着状態を崩すつもりはあるまいとたかをくっていればいいのです」

「まさかね！」ジェフリイズは大声で言った。「とんでもないことだ。われわれの運命は、まさにわたしの手中にある。手をつかねて見ていろ、などということができるわけがない。きみの言うとおり、X線装置を、人の集まるところにそなえるなどは姑息な手段だということは認める。おそらく成果は期待できまい。しかし、それはしなければならない。なんのためにと言えば、無為無策主義を奨励した微妙な理由を正当化するために、われわれが国を見捨てたという忌むべき結論に、国民がいきつかないようにだ。事実、われわれは、反撃の態勢をととのえている」

「どんなふうに？」

ジェフリイズ大統領補佐官は、ブレックンリッジを見つめた。それまで沈黙を守っていた情報局員は口を開いた。

「膠着状態がじっさいに崩されてしまった現在、膠着状態が崩される可能性を論じてみても仕方がありません。もはやヒューマノイドが爆発するかしないかは問題ではないのです。局長の言われるように、ヒューマノイドはわれわれの目をわきにそらすためのまき餌かもしれない。しかし、われわれのロボット工学が、**彼ら**より四分の一世紀も遅れをとった、それは致命的なことかもしれないという事実は事実です。かりに戦争が起こったとして、目をみはるようなロボット工学技術の進歩がわれわれにあると言うのですか。それに対する答えはただひとつ、われわれの全力をただちに、いや、いますぐ、ロボット工学開発のための突貫計画に注ぐことです。そのためにまずなすべきことは、**彼ら**のヒューマノイドを見つけだすことです。これをロボット工学突貫計画と名づけようと、千五百万一般市民壊滅阻止計画と名づけようと、それはご自由ですが」

リンは絶望的にかぶりを振った。「それはだめだ。それでは、**彼ら**に点を稼がせるだけだ。**彼ら**は、われわれを一条の迷路に誘いこんでおいて、そのあいだに、あらゆる方向に前進しようというのだ」

ジェフリイズはいらだたしげに言った。「それは、きみの推測にすぎない。ブレックンリッジ君はすでに、ある提案をいくつかのルートを通じて提出し、政府はそれを諒承したのだ。まず手はじめに、全科学者会議を開くつもりでいる」

「全科学者会議？」

ブレックンリッジが引きとって、「自然科学のあらゆる分野のすぐれた科学者をリストアップしました。全員シャイアンに集まるはずです。会議の協議事項はただひとつです。人間のいかに、ロボット工学を発展させるか。さらにくわしい標題をつければこうです。人間の原形質性の頭脳とヒューマノイドの陽電子頭脳とを識別しうるほどデリケートな大脳皮質の電磁場の受信装置の開発について」

ジェフリイズが言った。「きみはよろこんで、その会議の主催者になってくれるだろうね」

「なんの相談もありませんでしたが」

「なんせ時間がなかったからな。引きうけてもらえるだろうか？」

リンはちらりと微笑した。またもや責任の問題だ。責任の所在はまさしく、ロボット工学のリンにあるにちがいない。しかし、じっさいの主催者は、ブレックンリッジではないかというような気がした。しかし、彼になにができようか？

「承知しました」リンは答えた。

ブレックンリッジとリンは連れだってシャイアンに帰った。その夜、ラズロは、全科学者会議に関するリンの話を、不機嫌な面持で聞いた。

ラズロは言った。「チーフのお留守のあいだに、ヒューマノイドの実験モデルを五台、試作しはじめたんです。われわれは一日三交代、それが重なって一日十二時間労働でがんばっています。われわれが会議を主催するとなった日には、人は押しかけてくる、書類の山に埋もれるということになる。仕事はストップしてしまいますね」

ブレックンリッジが言った。「それは一時的なものです。失うものより得るもののほうが多いはずですよ」

ラズロは顔をしかめた。「天体物理学者や地球科学者が押しかけてきたって、ロボット工学には、なんの役にも立ちゃしない」

「畑ちがいの専門家の見解も、役に立つものですよ」

「へえ、そうですかね？　じゃあ、脳波を検出する方法というのが、いったいあるのかないのか、どうすりゃわかります？　たとえあるにせよ、人間とヒューマノイドを脳波のパターンによって識別する方法がありますかね？　とにかくいったいだれが、このプロジェクトをすすめたんです？」

「ぼくです」ブレックンリッジが言った。

「きみが？　きみはロボット工学の専門家ですか？」

若い情報局員は冷静に答えた。「ぼくはロボット工学を学びました」

「そういう問題じゃない」

「ぼくは、ロシアにいたとき、ロシアのロボット工学に関する資料文書に近づく機会がありました。あなたがたの手もとにあるものよりはるかに最新の、機密に属するものですが」

リンは口惜しげに言った。「彼の言うとおりだな、ラズロ」

「その資料があったから、この特別研究を提案したのです。ある特定の人間の頭脳の電磁場パターンをある特定の陽電子頭脳に移そうとする場合、完全なコピイは望めないのはほぼ確かです。なぜならば、人間の頭蓋骨と同じ容積の中におさまるような小さな陽電子頭脳は、もっとも複雑なものでも、複雑さの点では、人間の頭脳の数百分の一にも及びません。したがって、それはいろいろなニュアンスをすべて感じとることができないのです。この事実を利用すれば、識別の方法がなにかあるにちがいないと思います」

ラズロは、不本意ながら、ブレックンリッジの意見に感銘を受けたように見え、リンは苦笑いをうかべた。ブレックンリッジや、ロボット工学に関係のない数百の科学者たちに腹を立てるのはたやすかったが、その問題自体が、興味をそそるものだった。それが、せめてもの慰めだった。

それはリンの頭にひそやかにうかんだのだ。

当日リンは、有名無実の主宰者として、自室でつくねんとすわっているばかりでなにもすることがなかった。それが、幸いしたのだろう。考える時間を充分あたえられ、世界中の科学者の半数を占める優秀なブレーンがシャイアンに押しよせる光景を思い描くゆとりがあたえられたのだから。

会議のこまごまとした準備を、そつなくとりしきっていたのはブレックンリッジだった。ブレックンリッジがこう言ったときの口調には、自信のようなものがあった。

「さあ集まろうではないか。**彼ら**を打倒するために！」

さあ集まろうではないか！

それは、ひそやかに、リンの頭にうかんだので、そのときリンを見守っていたものがあったら、リンの目が軽く二度またたいたのに気づいたかもしれない——だがそれだけだった。

リンは、自分が、まさしく気が狂うのではないかと思ったとき、そしらぬふりで——それが彼の冷静さを保ってくれた——なすべきことをした。

彼は、ブレックンリッジを特設室へ探しにいった。ブレックンリッジはひとりでいたが、彼を見ると眉をひそめた。「どうかなさいましたか？」

リンはぼそりと言った。「万事うまくいっている。いましがた戒厳令を発動した」

「えっ？」

「状況がそれに値するものであるとわたし自身が判断すれば、局長権限で、戒厳令を発動できる。発動したうえは、局長の身分を越えて独裁者になれるのだ。すばらしき地方分権主義のおかげだね」

「命令をただちに撤回してください」ブレックンリッジは、つめよった。「ワシントンの耳に入ったら、あなたは破滅ですよ」

「どっちみち、わたしは破滅する。アメリカ史上最悪の立役者に、自分が仕立てられようとしていたのを、わたしが気づかないとでも思っていたのか？ **彼ら**に膠着状態を崩させた張本人という役まわりだ。わたしには失うものはなにもない——得るものならどっさりあるだろうが」彼はやけ気味に笑った。「ロボット技術局はたいした標的になるぜ、ええ、ブレックンリッジ君？ 瞬時にして三百平方マイルを壊滅しうるTC爆弾をもってしても、ここで死ぬのはせいぜい数千人だ。ただしそのうちの五百人は、わがほうえりすぐりの科学者だ。われわれは、頭脳《ブレーン》を失ったまま戦争にのぞまなければならないか、あるいは降服するかの異常事態におかれるだろう。おそらく降服するだろうな」

「そんなことはありえない。リン、聞いていますか？ わかっていますか？ 情報局の厳重な網を、ヒューマノイドがどうやってくぐれますか？ どうやってここに集まれますか？」

「だが彼らはもう集まってきている！　われわれが手を貸してやったのだ。われわれが、彼らに集まれと命令したのだ。わがほうの科学者たちは、あちら側を訪れているね、ブレックンリッジ君。定期的に**彼ら**のもとを訪れている。きみは、ロボット工学関係者が、そうしないのは不思議だと言った。さて、それらの科学者のうち十人はまだあちらに残っている。そして十人のヒューマノイドがこのシャイアンに集まろうとしている」

「とほうもない推測だ」

「捨てたものでもないと思うがね、ブレックンリッジ君。だが、せっかくの名案も、われわれが、ヒューマノイドがアメリカにいることを知り、全科学者会議を召集しなければ、はじまらない。これはまったくの偶然だろうか、きみがヒューマノイド侵入の情報をわれわれにもたらし、そして全科学者会議を提案し、そしてこの世紀のショウの演出をかってでた、しかも科学者のだれが招かれるか正確に知っていたというのは。お目あての十人が含まれていたかどうか、確かめたかね？」

「リン博士！」ブレックンリッジは絶叫した。つかみかからんばかりの形相だった。

リンは言った。

「動くな。わたしはブラスターをもっている。われわれは、ここへひとりひとり到着する科学者を待つだけだ。そしてひとりひとりX線検査をする。ひとりひとり放射能を測定する。検査がすむまでは、ひとりひとり隔離する。そして万一、五百人がみんな潔白だったら、わたしはブラスターをきみにわたし、いさぎよく降参しよう。ただし十人のヒューマノイドは見つかるとわたしは思っている。すわりたまえ、ブレックンリッジ君」

二人ともすわった。

リンは言った。「われわれは待つ。わたしが疲れたら、ラズロが交替する。われわれは待つ」

ブエノスアイレス高等研究所のマヌエロ・ヒメネス教授は、アマゾン峡谷三マイル上空を飛行中の成層圏ジェット機内において、自爆をとげた。単なる化学爆発にすぎなかったが、飛行機を爆破するには充分だった。マサチューセッツ工科大学のハーマン・ライボウィッツ教授は、モノレール内で自爆、同乗の二十人を殺し、百人に重軽傷を負わせた。同じ方法で、モントリオールの核研究所のオーギュスト・マラン博士ほか七名は、シャイアンへの途上においてそれぞれ死んだ。

ラズロは、蒼白な顔でよろめきながら、最初のニュースをもって飛びこんできた。リンが、ブラスターをブレックンリッジの胸に突きつけてすわりこんでから、わずか二時間後だった。

ラズロは言った。「ぼくは、チーフが気が狂ったかと思いましたけれど、やっぱりチーフの言ったとおりでした。彼らはヒューマノイドでしたよ。ヒューマノイドにちがいなかったんです」彼は憎悪をこめた目で、ブレックンリッジをにらみすえた。「だが彼らに警告をあたえるものがあった。こいつがあたえたんです。無傷でいるのは、ただの一人もいません。調べられるのは一人もいません」

「しまった！」とリンはさけぶなり、やにわにブラスターをブレックンリッジに突きつけ、発射した。情報局員の首が消えた。胴体がたおれた。頭が落ちて、床にころころと転がった。

リンはうめいた。「知らなかった、裏切り者だとばかり思いこんでいた。よもや——」

ラズロはぱっくりと口を開けたまま棒のように突ったって、しばらく喋ることができなかった。

リンは荒々しく言った。「そうだ、この男が警告をあたえたのだ。しかし、ここにすわったままで、どうしてそれができたか？　体の中にうめこまれた無線装置がないかぎり、それは不可能だ。わからないか、ラズロ？　ブレックンリッジはモスクワに行った。本物のブレックンリッジは、まだモスクワにいるんだ。ああ、なんということだ、やつらは十一人いたのだ！」

ラズロはしゃがれ声をしぼりだした。「なぜ彼は自爆しなかったんです？」

「ほかの十人が、彼の警告を受信し、無事に自爆するのを確認するまで待っていたのだ。おお、おお、きみがあのニュースをもってきて、ぼくが真相に気づいたとき、すぐに反撃には出られなかった。まさに数秒の差でやつの機先を制することができたのかもしれないのに——」

ラズロは震える声で言った。「とにかく、一人だけは手もとに残りましたよ」

彼は床にかがみこんで、頭のない体の、ぐしゃぐしゃになった首の付け根から、ぽたぽたたれているねばっこい液体に指をひたした。

血ではない、純度の高い機械油に。

第3部　スーザン・キャルヴィン

わたしのもっとも好きなロボットものは、変わりもののロボ心理学者スーザン・キャルヴィンが登場するものである。ロボ心理学者とは心理学者であるロボットのことではなく、ロボット工学者でもある心理学者のことである。惜しむらくはいささか字義不明確な言葉なのだが、愛着があるので使っている。

時が経つにつれ、わたしはキャルヴィン博士を恋するようになった。彼女はたしかに近よりがたい生き物だ――わたしの陽電子ロボットのどれよりもはるかにロボットの一般的イメージに近い――だがともあれ、わたしは彼女を愛している。

彼女は『われはロボット』の八つの短篇を結びあわせるかなめの役を果たしており、その中の四篇では主役をつとめている。そのうえに、『われはロボット』が出版されたのち（この本にはキャルヴィン博士が高齢で死去したことを記したエピローグが添えられているにもかかわらず）わたしは彼女を再登場させずにはいられなかった。そして彼女の登場する作品をさらに四篇も書いた。

うち一篇は、愛するスーザンはちらりと姿をみせるだけだ。それが「お気に召すこうけあい」で、アメージング・ストーリーズの一九五一年四月号に掲載された。

この作品で興味あるのは、読者からおびただしい数の手紙がよせられたことで、それもほとんどが若い女性からのものであり、またほとんどがトニイにあこがれをよせる内容のものであった――まるでどこへ行けばトニイが見つかるかわたしが知っているとでもいうように。

わたしはこの事実から道徳的（ないしは不道徳的）な教訓をひきだそうとは思わない。

お気に召すことうけあい

Satisfaction Guaranteed

トニイは髪も目も黒いハンサムな長身の青年で、その動かない表情のすみずみまで驚くほど貴族的な気品がしみこんでおり、クレア・ベルモントはドアのすきまから怖さと狼狽《ろうばい》のいりまじった気持でそれを見つめた。

「だめよ、ラリィ。彼を家の中にいれるなんていや」彼女は懸命にもっと強い表現法はないものかとぼうっとした頭で考えた。もっと筋道立った、この場を切り抜けさせてくれるような説得の方法があるはずなのだが、結局は同じ言葉のくりかえしに終わった。

「ぜったいだめ」

ラリイ・ベルモントはこわばった顔で妻を見つめる。その目に焦慮の色がうかんでいる。クレアはそれを見るのがたまらない、自分の無能さが映しだされているような気がするからだ。

「のっぴきならないんだよ、クレア」と彼は言った。「いまさら手を引くわけにはいかないんだ。会社はこれを条件にぼくをワシントンに派遣する、これは昇進を意味するんだ。とにかくぜったい安全なんだし、それはきみも承知のはずだろう。なにがいやなんだ？」彼女はとほうにくれたように眉をひそめた。「なんだか背筋が寒くなるの。耐えられそうもないわ」

「彼はきみやぼくと同じ、ほとんど同じ人間なんだ。だからそんなばかなことを言うもんじゃない。さあ、行きなさい」

彼の手がクレアの腰をおした。気がついてみると自分の居間に震えながら立っていた。あれがいる、慇懃な物腰でこちらを見つめている、このさき三週間、女主人となるひとを値ぶみするかのように。スーザン・キャルヴィン博士もいる、唇を真一文字に引き結び超然として腰かけている。長い年月を機械とともに過ごしてきたために、いくばくかの鋼鉄がその血にいりまじってしまった人間の冷たい放心したような顔つきだった。

「こんにちは」クレアはかすれた声で力ないありきたりの挨拶をした。だがラリイはから元気でこの場をとりつくろおうと懸命だ。「さあクレア、トニイを紹介するよ、いいやつだ。これはぼくの女房、クレアだ、トニイ君」ラリイの手はトニイの肩になれなれしくかけられたが、トニイは無表情でなんの反応も示さない。

「はじめまして、ミセス・ベルモント」と彼は言った。

トニイのその声にクレアは思わず跳びあがった。深々とした低音で彼の髪の毛や顔の肌のようになめらかだ。

思わず彼女は言った。「まあ、まあ——喋れるのね」

「おや、喋らないとお思いでしたか？」

だがクレアは弱々しい微笑を返しただけだ。自分がなにを期待していたのかほんとうにわからなかった。彼女は目をそらし、それからそろそろと横目で彼をうかがった。髪は黒くつややかだ、磨きあげたプラスチックのように——それともあれは一本一本本物の毛なのだろうか？　それからあのなめらかなオリーブ色の肌は、きちんとした仕立ての黒っぽい服に隠されているところへもつづいているのだろうか？

彼女はそのぞっとするような考えに心を奪われていたので、キャルヴィン博士の抑揚のない無表情な声に注意をもどすには努力がいった。

「ミセス・ベルモント、この実験の重要性をご理解くださっていると思います。実験の背景についてはある程度ご主人から話してくださったそうですね。わたしがそれに補足しましょう、USロボット&機械人間株式会社の主任ロボ心理学者として。

トニイはロボットです。会社の書類上の呼称はTN3ですが、トニイと呼べば答えます。彼は機械の怪物でもなければ、五十年前、第二次大戦中に開発された単なる計算機でもありません。彼はわれわれの頭脳とほぼ同程度に複雑な人工頭脳をそなえています。これはいわば巨大な電話交換器を原子の大きさの中に詰めこんだようなものです、何十億という種類の電話回路が頭蓋の中の装置におさめられています。

そうした頭脳はロボットそれぞれに応じて特別に作られます。おのおのがあらかじめ計算されたコネクション・セットをもっていますから、ロボットたちは最初から言葉を知っていますし、仕事を果たすのに必要な知識はいっさいそなえています。

これまでのUSロボットの生産は、人間の労働力が不適当な場所――たとえば地底の鉱山とか水中の作業などに従事させるための産業用モデルにかぎられていました。でもわれわれは、都市や家庭にも進出したいと考えているんですよ。そうするためには、一般の人たちがそれらのロボットを怖がらずに受け入れてくれなくては困ります。怖がることはなにもないんですよ」

「怖がることはないんだよ、クレア」とラリイが気おいこんで口をはさんだ。「ぼくの言うことを信じたまえ。彼が危害を加えることはありえない。さもなければきみと二人になんかさせやしないよ」

クレアはトニイをちらりと盗み見て声をひそめながら、「もし彼を怒らせたら？」

「声をひそめる必要はありませんよ」とキャルヴィン博士が冷然と言った。「彼はあなたに対して怒りの感情をもつことはできないのです。さっきも言ったように、彼の頭脳のスイッチボード・コネクションがあらかじめ定められているんです。さてその中でももっとも重要なコネクションは、われわれが〈ロボット工学三原則の第一条〉と呼んでいるものです。それはこうです、ロボットは人間に危害を加えてはならない。また、その危険を看過することによって、人間に危害を及ぼしてはならない。すべてのロボットがそういうふうに作られているんですよ。ロボットはいかなる手段であれ──人間に危害を加えることはできないんです。ですから、ね、参考としての予備テストにあなたとトニイが必要なの、そのあいだご主人には、ワシントンに行って政府の役人立ち会いの法定テストの段取りをつけてもらいます」

「じゃあこれは法定テストじゃないんですか？」

ラリイが咳ばらいをした。「それはまだだけれど、とにかく大丈夫なんだ。彼は家の外へ出ないし、きみは彼を人目に触れさせてはならない。それだけだ……それから、クレア、ぼくもきみといっしょにいたいのはやまやまなんだが、ぼくはロボットのことを知りすぎているからまずいんだ。厳しい条件をととのえるためには、ずぶのしろうとの被験者が必要なんだ。いいね」

「ええ、まあ」とクレアはつぶやいた。それから思いついたように、「でも彼はなにをするの？」

「家事」とキャルヴィン博士が簡潔に答えた。

博士は立ちあがり、玄関まで彼女を見送ったのはラリイだった。クレアはあとにひとりぽつんと残された。マントルピースの上の鏡に映った姿をちらりと見やってあわてて目をそらす。小さな――くすんだような顔、地味で平凡な髪かたちなどにはうんざりしている。自分に注がれているトニイの目に気づくと、彼女は思わず微笑をもらしそうになり、そして思いだした……

彼は機械にすぎないのだ。

ラリイ・ベルモントは空港へおもむく途中、グラディス・クラファンの姿をちらりと見た。ちらりとしか見られないように創られたタイプの女だ――一分のすきもなくこしらえあげられている。思慮深い手と目によって装われた輝くばかりの姿はまぶしすぎてまともに見ていられない。

前にただよう微笑、うしろにたなびくかすかな匂いは男をまねく手だ。ラリイは足もとが乱れるのを感じた。帽子にちょっと手を触れると足を早めた。

いつもながら彼は漠然とした怒りをおぼえた。クレアがクラファンのグループに近づいてくれれば得るところがたくさんあるだろうに。いやそれも無駄だろう。

クレア！　グラディスと会う機会が何度かあったのに、あのおばかさんは彼女の前に出ると舌がひきつってしまうのだ。なにも幻を追っているのではない。トニイのテストは自分にあたえられた大きなチャンスなのだ、そしてそれはクレアの腕にかかっている。その腕がグラディス・クラファンのような女の腕だったらどんなに安心だろう。

　二日目の朝、クレアは寝室のドアをひそやかに叩く音に目をさました。胸が騒ぎ、それからすうっと冷えた。一日目はトニイを避けつづけ、彼に出会うと弱々しい微笑をうかべて、言葉にならぬ弁解めいた音をたてながらさっと通りぬけてしまった。

「あなたなの——トニイ？」

「はい、ミセス・ベルモント。入ってもよろしいでしょうか？」

　ええと答えたにちがいない、突然音もなく彼が部屋の中にいたから。彼女の目と鼻が同時にトニイの捧げている盆に気づいた。

「朝ごはんなの？」

「召しあがりますか」

　断わるのも気がひけたので、のろのろと起きあがって盆を受けとる。ポーチト・エッグとバター・トーストとコーヒー。

「お砂糖とクリームは入れずにおもちしました」とトニイは言った。「お好みをだんだんに知りたいと思います、すべてにわたって」

　彼女は待った。

　トニイは金属製のものさしのようにまっすぐしなやかな姿勢で立っている、しばらくしてこう訊いた。「おひとりで召しあがりますか?」

「ええ……あなたさえ、かまわなければ」

「のちほどお召しかえのお手伝いにまいりましょうか?」

「まあ、とんでもない!」と言うなりクレアは、やにわにシーツをつかみあげたので盆の上のコーヒーがひっくりかえりそうになった。彼女は硬直したようにそのままの姿勢でいたが、ドアがトニイを閉めだすとぐったりと枕にもたれかかった。

朝食はどうやらすませた……彼は機械にすぎない、でも機械なら機械とはっきりわかるようにできていたらこれほど怖くはないだろうに。顔の表情が変わってくれるだけでもい い。それなのに表情は釘づけになったように動かない。あの黒い目の奥で、あのなめらかなオリーブ色の肌の下で、なにが起こっているのかうかがいようもなかった。盆に戻したコーヒー茶碗が一瞬カスタネットのようなかすかな音をたてた。

彼女はそのとき砂糖もクリームも入れなかったことに気がついた。ブラックコーヒーは大嫌いなのに。

着がえをすませると寝室から台所へ直行した。ここは彼女の家なのだし、人目を気にすることはないのだが、彼女は台所をきれいにしておく性分だった。トニイは指図を待っているにちがいない……

だが行ってみると台所はたったいま工場でできあがったばかりとでもいうようだった。彼女はその場に立ちすくんで目を見張り、踵《きびす》をかえすとトニイと鉢合わせしそうになった。彼女は悲鳴をあげた。

「どうかなさいましたか？」と彼は訊いた。

「トニイ」彼女ははげしい恐怖に駆られながら怒りだけは抑えつけた。「歩くときは足音をたててちょうだい。あたしをこっそりつけまわしたりしないで、いいわね……あなた、この台所使わなかったの？」

「使いました、ミセス・ベルモント」

「そうは見えないけど」

「あとで磨いておきました。そうするのがならわしでしょう？」

クレアは目を大きく見ひらいただけだった。どんな返事をすればいいのだろう。陶製のポットが並んでいるオーブンを開けて、ぴかぴか光りかがやいている内部をちらりと見ると震える声で言った。

「たいへんけっこうです。よくできました」

こんなとき彼が顔を輝かせてくれたら、笑顔を見せてくれたら、口のはしをちょっと得意げにあげてくれたら、もっと気楽にうちとけられるだろうに。だが彼は英国の王侯のごとく表情を動かさなかった。「ありがとうございます、ミセス・ベルモント。居間へいらっしゃいませんか？」

居間へ行ってみると、ここでもクレアは唖然とした。「家具を磨いたの？」

「ご満足いただけましたでしょうか、ミセス・ベルモント？」

「でもいつ？　昨日はしなかったはずよ」

「むろん昨夜です」

「一晩じゅう電気をつけっぱなしで？」

「いやいや。電気は不要です。わたしの体には紫外線発生装置がそなえつけられております。わたしは紫外線でものが見えます。睡眠はむろん必要ありません」

彼は賞め言葉を待っているのだ。クレアはそう思いあたった。彼は女主人を満足させているかどうか確かめねばならないのだ。だがクレアはその楽しみをあたえてやる気にはなれなかった。

彼女は苦々しげにこう言ったにすぎない。「あなたの仲間は、家庭の主婦を失業させちゃうわね」

「主婦が雑用から解放されれば、もっと重要な仕事に振りむけられます。つまりはです、ミセス・ベルモント、わたしのようなものは大量生産ができます。しかし何者といえども、あなたがおもちのような人間の頭脳の創造性、多様性を真似ることはできません」

顔にこそ出ないが声音には畏怖と讃嘆の情があたたかくあふれていたので、クレアは思わず顔を赧らめた。「あたしの頭脳！　こんなもの、あなただって真似できるわ」

トニイはちょっと近づいてこう言った。「そんなことをおっしゃるとは、なにか悩みがおありですね。わたしにお力ぞえができませんでしょうか？」

一瞬クレアは笑いだしたくなった。なんと奇妙な情景だろう。工場の組立て台からおりてきたばかりの自動式掃除機、皿洗い器、家具磨き器、雑役夫——それが腹心の友として慰めようと言ってくれる。

しかし彼女はふいに悲痛な声をしぼりだした。「主人はあたしに頭脳があるなんて思っていないのよ、じつを言えば……あたしだってあるなんて思わないけれど」彼の前で泣くわけにはいかない。彼女はなんとなく、この人間の創造物にすぎないものの前で涙を見せないことに人間の名誉がかかっているような気がした。

「最近のことなの」と彼女はつけたした。「主人が学生のころはよかったの、駈け出しのころも。でもあたしには大物の奥さんは勤まらない、それなのに彼はだんだん大物になっていくのよ。あたしに立派な女主人になれって、ぼくのために社交界の仲間入りをしてくれって言うの——あのグ——グ——グラ——グラディス・クラファンみたいに」

鼻の先がみるみる赤らんでクレアは顔をそむけた。

だがトニイは彼女を見てはいなかった。目は部屋の中をさまよっていた。「家のことはわたしがお手伝いします」

「そんなこと無駄よ」と彼女は鋭く言った。「センスの問題なのよ、そのセンスがあたしにないんだもの。あたしにできるのは家を居心地よくすることだけ。〈ビューティフル・ホーム・マガジン〉なんかに写真を撮られるような家にはできないわ」

「そういう家をお望みですか？」

「望むだけじゃ――どうにもならないわ」

トニイの目はじっと彼女に注がれた。「お手伝いできるでしょう」

「室内装飾の知識があるの？」

「優秀な家政婦なら知っているべきことですね？」

「ええそう」

「ではわたしにはそれを習得する潜在能力があります。その方面の本を集めていただけませんか？」

なにかがそのときはじまったのだ。

クレアはびゅうびゅう吹きつける風に飛ばされまいと帽子を押さえながら、公立図書館から借りだしたホーム・アートの分厚い本を二冊しっかりと小脇に抱えてきたのだった。トニイがそれを手にとってページをぱらぱらとめくるのを彼女は眺めている。指が精巧な細工品のようにひらひらと動くのを見るのははじめてだった。

どんなふうにこしらえてあるのかしらと思うと、衝動的にその手を取って引きよせた。トニイはあらがわずその手をあずけた。

「よくできているわね。指の爪も本物みたい」

「わざとそうしたのです」とトニイは言った。それから軽い口調で、「肌は柔軟なプラスチック、頭蓋は軽合金です。おもしろいですか？」

「いいえ」彼女は赧らめた顔をあげた。「あなたの体の中のことを穿鑿《せんさく》するようなことをしてちょっとはずかしいの。あたしにかかわりはないんですもの。あなただってあたしのことなにも訊かないじゃないの」

「わたしの頭脳回路にはそのような好奇心は刻まれておりません。わたしの行動には限界がありますからね」

一瞬おちた沈黙の中で、クレアは胸の奥にかたいしこりを感じた。なぜ自分は彼が機械であることを忘れようとしているのだろう？　彼がいちいちそれを思いださせてくれねばならないとは。同情に飢えているあまりロボットを人間扱いしたいのだろうか——自分に同情してくれるから？

トニイがまだページをめくっている——とほうにくれたような様子で——のに気づくと、彼女の胸にはなんだかほっとしたような優越感めいたものがわきあがった。「あなた、読めないのね？」

トニイは目をあげた。声音は穏やかでとがめる口調ではない。「読んでいるのです、ミセス・ベルモント」

「でも――」とクレアは曖昧な手つきで本を指さした。

「各ページを走査している、と言えばいいんでしょうか。わたしにとって読むということは、写真を撮るようなものなのです」

そのときはもう夕方だったけれども、クレアが床に入るころにはトニイは二冊目にとりかかり、暗闇の、いやクレアの限られた視力では暗闇と見えるものの中にすわって読みつづけていた。

眠りにおちようとする寸前に彼女の胸をかきみだしたのは奇妙な思いだった。トニイの手を、その感触を彼女は思いだしていた。あたたかく柔らかで、まるで人間の手のようだった。

会社のひとたちはなんて頭がよいのだろうと彼女は思った、そして安らかな眠りにおちた。

その後数日のあいだ図書館通いが続いた。研究分野はトニイが指示してくれるのだが、それは日ましに急速に細分化していった。色彩学や化粧品に関する書物、大工仕事やファッション、美術や服装史なども含まれている。

彼はしかつめらしい様子で本のページをめくり、めくるのと同じくらいのすばやさで読むのだった。彼はまた忘れるということがないらしかった。

一週間たたぬうちに彼はクレアに髪をカットするように言い、新しいセットの仕方を教え、眉の形にちょっと手を加え、白粉の色合いや口紅の色を変えさせた。

半時間というものクレアは、人間のものではない彼の人工の指のデリケートな感触に怖れおののき、できあがると鏡をのぞいた。

「まだお直ししたいところがあります」とトニイは言った。「とくにお召し物に。手はじめとしてはいかがですか？」

クレアは答えなかった。しばらくのあいだ。鏡に映っている見知らぬ女が自分なのだという事実をのみこみ、その美しさに対する驚異の念を押しずめるまで。クレアは、うっとりするような鏡の映像からかたときも目をはなさず、押しつぶした声で言った。「ええ、トニイ、とてもいいわ――手はじめとしては」

ラリイへの手紙にはこのことについてはなにも触れなかった。帰ってきたらびっくりさせてやろう。彼女は胸の中のどこかで、それが夫を驚かす愉しみばかりではないことに気づいていた。それは一種の復讐になるはずだった。

ある朝トニイが言った。「買い物をはじめる時期が来ましたが、わたしは家の外に出るわけにはいきません。品目の詳細なリストを作りますから、買ってきていただけませんか。布地、調度用の織物地、壁紙、絨毯、塗料、服地――その他のこまごまとしたものです」

「あなたのリストどおりのものがすぐにそろうかしら」とクレアは疑わしそうに言った。

「かなり近いものが買えるでしょう、街じゅうを探せば、そしてお金に糸目をつけなければ」

「でもトニイ、お金が問題だわ」

「そのご心配はいりません。まずUSロボットに寄っておいでなさい。わたしが一筆書きます。キャルヴィン博士にお会いになったら、これはテストの一部だとわたしが言っていたとお伝えください」

キャルヴィン博士はあの最初の晩のように彼女をおじけさせはしなかった。新しい顔と新しい帽子の彼女はもはや昔のクレアではなかった。心理学者は注意深く耳をかたむけ、二、三の質問をしたのちうなずいた――それからクレアはUSロボット&機械人間株式会社の全資産が保証する無制限のクレジットカードを手に外へ出たのだった。

金の威力はたいしたものだ。店の全商品が思うままになると思えば、売り子のつっけんどんな言葉、必ずしも天くだる声ではなく、室内装飾家のあげる眉、必ずしもジュピターの雷電ではなかった。

あるときはとびきり尊大にかまえた高級服地店の高尚なるおでぶさまが、クレアの注文する衣装の説明を聞いて、生粋の五十七番通りのフランス人訛りでけちをつけたとき、彼女はトニイを電話に呼びだし、おでぶのムッシュウに受話器をさしだした。「話していただけませんこと」「おさしつかえなかったら――」声はしっかりしていても指がぴくりとひきつる――「話していただけません、あたくしの――あの――秘書と」

おでぶは片腕をおもむろに腰のうしろにまわして電話に近づいた。受話器を二本の指でつまみあげ、いとも優雅な口調で受けこたえした。「はあ」短い間。「はあ」、さらに長い間、そしてかんだかい声で異議をとなえかけたのをすぐに呑みこんで、またしばしの間、いとも柔順に「はい」、そして受話器が戻された。

「マダム、こちらへおいでくだされば」と自尊心を傷つけられて、よそよそしく言った。「ご希望の品を取り揃えさせていただきます」

「ちょっと待って」とクレアはあわてて電話に駈けよってダイアルをまわした。「もしもし、トニイ。なんて言ったのか知らないけど、うまくいったわ。ありがとう。あなたって――」クレアは適当な言葉を必死に探したがあきらめ、かすれた声で、「あの――あの――いいひと！」と言った。

電話をはなれるとグラディス・クラファンがこちらを見ていた。ちょっとおもしろがって、ちょっとおどろいているグラディス・クラファンが、小首をかしげて見ていた。

「ミセス・ベルモント？」

するとあらゆるものがクレアから流れだした――こんな工合に。彼女はこっくりをした――ばかみたいに、あやつり人形のように。

グラディスはどことなく横柄な笑いをうかべた。「こちらでお買い物なさっているなんてちっとも存じませんでしたわ」まるでこの店が、その事実によって品位をおとしたとでも言いたげだった。

「ふだんはしませんけど」クレアはおずおずと言った。

「おぐしの形、お変えになったんじゃない？　とても――おもしろいこと……あたくしの思いちがいだったらごめんあそばせ、たしかご主人のお名前はローレンスじゃなかったかしら？　たしかにローレンスでしたわねえ」

クレアは歯をくいしばった。だが釈明しなければならない。ぜひ、ぜひともしなければ。「トニイは主人のお友だちです。品物選びを手伝ってくれているんです」

「あらそう。とてもお親しそうだこと」彼女は微笑を投げ、世界中の光とぬくもりを持ち去った。

クレアは自分が慰めを求めたのはトニイだったという事実に疑問をいだかなかった。十日という時日がためらいの気持を取り除いてくれていた。だから彼の前で泣くことができた、思うさま涙を流し憤りをぶちまけた。

「あたしってほんとにばーばかよ」とクレアはぐしょぐしょになったハンカチを握りしめてわめいた。「あのひと、あんなひどい仕打ちをして。なぜなの。いわれもないのにあんなことをして。ほんとに——蹴とばしてやればよかった。撲《なぐ》りたおして踏みつけてやればよかった」

「あなたは人間をそれほど憎むことができるのですか？」とトニィは当惑したようにやさしく言った。「人間の心のそういう部分はわたしには理解できません」

「ああ、憎いのはあのひとじゃないのよ」と彼女はうめくように言った。「自分なのよ。あのひとはあたしが、そうありたいと思う理想像よ——とにかく外側は……でもあたしにはああはなれない」

トニィの力強く低い声が耳もとでひびいた。「なれますよ、ミセス・ベルモント。なれます。まだ十日あります、十日あればこの家も見ちがえるようになります。そういう計画だったでしょう？」

「でもそれがなんの役に立って——あのひとに対して？」

「彼女をここへ招待なさい。彼女の仲間を招待なさい。わたしが——わたしが立ち去る前の晩がよろしいでしょう。新宅披露ということになりましょう、ある意味で」

「来るものですか」

「いいえ来ますとも。笑うためにやってきます……しかし笑うことはできますまい」

「ほんとうにそう思う？　ああ、トニイ、そんなことができると思う？」彼女はトニイの両手をつかんだ……そしていやいやをしながら、「でもそんなことをしてなんになるの？　あたしじゃないんだもの、あなたなんだもの、それをやるのは。あなたの背中におぶさるわけにはいかないわ」

「だれにせよ華ばなしい孤独のなかで生きていくことはできません」とトニイは小声で言った。「わたしはこうした知識を人間たちから授けられました。あなたにしろ、だれにしろグラディス・クラファンのなかに見ているものは単にグラディス・クラファンではないのです。彼女は金や社会的地位がもたらすものにおぶさっているのです。彼女はそれを疑問に思ったりはしない。あなたもなぜそうしないのです？……あるいはこんなふうにお考えなさい、ミセス・ベルモント。わたしは服従するように作られている、しかし服従の程度を決めるのはわたし自身です。あたえられた命令に不承不承従うこともあれば、よろこんで従うこともあります。あなたの命令にはよろこんで従います、なぜならあなたは、わたしが人間とはこんなものだと教えられたとおりの方だからです。親切でやさしく控え目な方です。ミセス・クラファンはあなたのおっしゃるように、そういう方ではない。わたしはあなたに従うようには、彼女に従う気にはなれません。とすればあなたです、わたしではありませんよ、ミセス・ベルモント、こういうことをしているのは」

そこで彼はクレアの手から自分の手をひきぬいた。クレアはだれもうかがい知ることのできない無表情な顔を見つめた——不思議に思いながら。そしてふいにいままでとはまったく別の恐怖を感じた。

ごくりと唾を呑みこみながら両手を凝視する。彼の指に握られたそれがまだうずいている。思いもよらないことだった、彼の指は、はなれる寸前にクレアの手をやさしくそっと握ったのだ。

いや！

あの指……あの指が……

浴室に駈けこむと両手をごしごしと洗った——無我夢中で、いたずらに。

翌日は彼をちょっと用心した。じっと彼を監視した、そして次になにが起こるかと待っていた——だがしばらくは、なにも起こらなかった。

トニィは働いていた。壁紙を貼る作業、速乾性のペンキを使う作業などに技術的な難しさがあるにしても、トニィの動きからそれはうかがえなかった。彼の両手は正確無比に動いた、指の動きは確実で巧みだった。

彼は夜を徹して働いた。物音はなにもしなかったが、毎朝が新しい発見だった。手が加えられた箇所は数えきれなかった、そして夜までにさらに数々の修正が加えられる——そして次の夜が来る。

一度だけ手伝おうとしたけれども、彼女の不器用さがあだになった。彼はとなりの部屋にいて、彼女はトニィの精密な目によって記された場所へ絵をかけようとしていた。壁に小さなしるしがついていた、絵があった、そしてみずからの怠慢をつぐないたいという衝動があった。

だが彼女がびくびくしていたのか、あるいは梯子がぐらついていたのか。それはまあどうでもいい。ふいに梯子がぐらりと傾くのを感じ、彼女は悲鳴をあげた。梯子だけが倒れた、隣室にいたトニィが人間には及びもつかない敏捷さで彼女の下にいたからだ。穏やかな黒い目はなにも問わず、ただあたたかな声がこう言った。「おけがはありませんか、ミセス・ベルモント」

投げだされる拍子に自分の手が彼のなめらかな髪をくしゃくしゃにしたにちがいない、はじめてそれが一本一本の毛髪から——美しい黒い髪の毛からできているのを、彼女はその目で確かめることができた。

そして次の瞬間、自分の肩と膝の下にまわされている腕に気づく——自分をやさしくしっかりと抱きしめている腕。

彼女は押しのけた、自分の悲鳴が耳をつんざいた。その日彼女はそれきり部屋に閉じこもってしまった。それ以来クレアは毎晩寝室のドアの把手の下にさかさにした椅子をたてかけてから寝ることにした。

クレアは招待状を発送した、トニィの言ったとおりみんなが招待に応じた。このうえはただ最後の夜を待つばかりだ。

その日はやってきた、日を重ねてちゃんとやってきた。家はとうてい彼女の家とはいいがたかった。最後にもう一度見てまわった——どの部屋も見ちがえるようだった。彼女自身といえば、以前にはとうてい着る勇気のなかったような服を着ている……そうした服を身に着けるとき、人はプライドや自信もともに身につけるのだ。

彼女は鏡の前で慇懃無礼な表情をうかべてみた、鏡は彼女を嘲笑うように傲慢に見返した。

ラリイがなんというだろう……でもそれはどうでもいいことだ。胸をときめかす日々は彼女とともにやってきはしない。それはトニィとともに去ってしまうのだ。だがなんと奇妙なことだろう？　三週間前の気持を思いだそうとしたがまるで思いだせなかった。

時計が八つ、息もつかせずけたたましく鳴って八時を告げると彼女はトニィを振りかえった。

「もうじきくるわ、トニィ。あなたは地下室にいっていたほうがいいわ。あの連中に——

――」

クレアは一瞬大きく目を見ひらき、それからかぼそい声で、「トニィ？」声を強めて、「トニィ？」そして絶叫に近い声で、「トニィ！」と言った。

しかしトニィの腕はクレアのからだにまわされていた。顔がすぐそばにある。抱きすくめる力は容赦ない。クレアのいりみだれる心の靄《もや》の向こうからトニィの声が聞こえる。

「クレア、わたしには理解させてもらえないことがたくさんあります。これはそのひとつにちがいありません。わたしは明日ここを出ていく、でも出ていきたくないのです。この胸の中にあなたを喜ばせたいという欲求以上のものがあるのです。奇妙ではありませんか？」

顔が迫ってくる。唇はあたたかだけれど、そこからもれる息はなかった――機械は呼吸をしないからだ。唇がいまにも触れそうになる。

……そのときベルが鳴った。

一瞬彼女は必死にもがいた、いつのまにかトニィは姿を消していた。またベルが鳴る。なんだかい断続音は執拗だった。

表に面した窓のカーテンが開いていた。十五分前はたしかに閉めてあったのに。それは確かだった。

とすると彼女たちは見たにちがいない。みんな見てしまったのだ――なにもかも！

彼女たちはいやにかしこまってぞろぞろと入ってきた——同類が群れをなして嘲笑いにやってきた——鋭い目を皿のようにして眺めまわした。彼女たちは見たのだ。さもなければグラディスが皮肉な口調でラリイのことを尋ねなどしないだろう。クレアはなげやりに絶望的に挑みかかった。

ええ、主人はいま留守ですの。明日戻ってまいりますわ。いいえ、ちっとも淋しくなんかありません。ちっとも。胸のわくわくする毎日ですわ。そして彼女たちを嘲笑してやった。いいじゃないの？　あの連中になにができるの？　いずれラリイには真相がわかるのだもの。たとえ彼の耳に連中が見たと思っている事柄が伝わったとしても。

だが彼女たちは笑わなかった。

グラディス・クラファンの目にうかんだ怒りに、から元気な言葉に、早く引きあげたいというあせりに、それが読めた。彼女たちを送りだしたとき、だれとも知れない囁きが最後にとぎれとぎれに聞こえた。

「……見たこともない……あんなにハンサムな——」

そこでクレアはなにが自分をあんなふうに高飛車にさせたか悟ったのだった。猫どもには鳴かせておくがいい、猫どもには思い知らせてやるがいい——みんなクレア・ベルモントより美しくて貫禄があって金持であっても——だれひとり、だれひとりとして、これほどハンサムな恋人をもてはしないのだ！

だがそのときクレアはまた思いだした――またしても――またしても――トニイが機械であることを。彼女の肌は総毛だった。

「行って！　あたしをひとりにして！」彼女はがらんとした部屋に向かってそう叫ぶなり寝室へ駈けこんだ。夜じゅう彼女は泣きあかした。翌朝の明け方近く、まだ人通りもないころ、一台の車が家の前にとまりトニイを運びさった。

キャルヴィン博士のオフィスの前を通りかかったローレンス・ベルモントは衝動的にそのドアを叩いた。数学者のピーター・ボガートがいたが、かといってためらいはしなかった。

彼は言った。「クレアの話ですと、わが家の改造についての費用はすべてUSロボットで負担してくださったそうですが――」

「そうです」とキャルヴィン博士は言った。「貴重な実験の必要経費として落としました。あなたも準技師の椅子についたのですから、あのくらいの家は維持していけるでしょう？」

「そんなことを心配しているんじゃありません。ワシントンがテストを諒承してくれた以上、来年はわが家でもTNモデルを購入できるでしょう」彼は出ていくようなそぶりで、ぐずぐずと背を向け、またぐずぐずとこちらを向いた。

「なんです、ベルモントさん？」ちょっと間をおいてからキャルヴィン博士が言った。

「不思議でならないのは——」とラリイはようやく口をきった。「わが家でなにが起こったのかということなんです。あれは——クレアですが——見ちがえるように変わりました。外見ばかりじゃない——正直いって驚きました」彼は不安そうな笑い声をたてた。「彼女《あれ》ときたら！　あれは女房じゃありません——どうもうまく説明できないんですが」

「説明してごらんなさい。変わったことになにか不満がありますか？」

「いや逆ですよ。だけどちょっと驚きだなあ、おわかりでしょうが——」

「わたしなら心配はしませんよ、ベルモントさん。あなたの奥さんは立派にやってのけました。率直に言ってこれほど完璧なテストができるとは思っていなかった。TN型にいかなる修正を加えるべきかはっきりわかりました。これもみな奥さんのおかげね。また正直に言うなら、あなたの昇進もご自分の力より奥さんに負うところが大きいわね」

ラリイは明らかにこの言葉にひるんだ。「まあうちのことですから」と彼はおぼつかなくつぶやいて立ち去った。

スーザン・キャルヴィンはその後ろ姿を見送った。「傷ついたでしょうね——願わくば……トニイの報告書をお読みになった、ピーター？」

「ええ」とボガートは言った。「TN3型は修正の必要があるのではないかな?」

「まあ、あなたもそうお思いになる?」とキャルヴィンは鋭く訊いた。「その論拠は?」

ボガートは眉をひそめた。「論拠など必要ない。くだけた言葉で言わせていただければ、女主人に惚れちまうようなロボットを野放しにするわけには、まさかいかないだろうね」

「惚れる! ピーター、なんていやなことをお言いなの。あなた、ほんとうにわかっていないの? あの機械は第一条に従ったまでですよ。危害が人間に及ぶのを見過ごすわけにはいかない、ところがクレア・ベルモントに危害が及ぼうとしている、彼女自身の劣等感によって。だから彼はクレア・ベルモントに恋をしかけたのです。機械の——魂をもたない冷たい機械の情熱を自分がかきたてたのだと知ったら、どんな女だって有頂天になるわ。彼はあの晩カーテンをわざと開けておき、他人に見させてうらやましがらせるように仕向けたんです——クレアの結婚生活にはなんの支障ももたらさずに。トニイのやり方は賢明だったと思います——」

「そうかな? それがふりであろうとなかろうとなんのちがいがあるんだね、スーザン? 恐るべき効果をもたらすことには変わりがない。報告書を読みかえしてごらんなさい。彼女はトニイを避けた。彼が抱いたとき悲鳴をあげた。最後の夜は眠らなかった——ヒステリーの発作で。こんなことは許されるべきではない」

「ピーター、あなたは目が見えないのね。わたしもそうだったけれど。TN型は徹底的に作りかえねばなりませんよ、でもあなたの言うような理由からではないの。まったく別の理由、まったく別の。最初にそれを見逃したのが不思議だわ」目がもの思うようにかげった。「おそらくはわたし自身の短所のあらわれでしょうね。いいですか、ピーター、機械は恋することはできません、でも——たとえそれが望みのない恐ろしい恋であっても——女にはできるんです！」

「危険」はアスタウンディング・サイエンス・フィクションの一九五五年五月号に掲載された。その後のロボットものの中でこれはもっとも『われはロボット』に関係の深い作品である、というのはあの短篇集の中の「迷子のロボット」の続篇だからである。登場するロボットも取りあげられる問題も異なるが、舞台、登場人物、リサーチ・プロジェクトなどは同一のものである。

危険　*Risk*

ハイパー基地はこの日のために生きてきたのだ。観測室には規定によって厳しく定められた先例席次に従い、官吏、科学者、技術者、その他職員とひとまとめに分類される人々が詰めかけていた。彼らは各人の気質に応じて、期待にあふれ、あるいは胸をおどらせ、あるいはそわそわと、あるいははりきって、あるいは不安におののきながら、彼らの辛苦の開花を待っていた。

この日はハイパー基地と呼ばれるこの小惑星の空洞の内部を中心として、一万マイル四方にわたる空域に厳重な管制が敷かれていた。いかなる船舶もこの空域内へ入ることは許されなかった。いかなる通信も厳重な検閲を経ずして発信することは許されなかった。

約百マイルかなたではもうひとつの小惑星が、一年前にのせられた軌道、すなわちできうるかぎり完全な円を描いてハイパー基地をめぐる軌道をきちんとまわっていた。この小惑星の識別番号はH937であるがハイパー基地の人間は**あれ**としか呼ばない。（「今日は**あれ**に行ってたのかい？」「大将、**あれ**へ行ってね、頭にきてるぜ」というあんばいで、結局、非人称代名詞が固有名詞の威厳をもつようになった）

秒読みがはじまってから無人地帯となった**あれ**には、パーセク号、すなわち人類史上に類をみない宇宙船が待機していた。無人のその船は、いま想像を絶した世界へ飛び立つのである。

ジェラルド・ブラックはエーテル物理学畑の若手の優秀なエンジニアの一人として前列に席を占めていた。太い指の関節をぽきぽき鳴らし、汗ばんだ掌をしみだらけの白衣にこすりつけながら、となりの男に苦々しそうに言った。「なぜきみは少将とか、となりの令夫人を相手にしないの？」

《インタープラネタリ・プレス》のナイジェル・ロンソンは、部屋の向こうにいるリチャード・カルナー少将の燦然《さんぜん》たる姿と、その輝きの蔭にかくれてほとんど目だたない婦人をちらりと見た。

「そうしてもいいんですがね、あたしゃニュースに興味があるもんですからね」

ロンソンはでっぷり肥った小柄な男である。髪は一センチほどの長さにきちんと刈りそろえ、ワイシャツの襟ははだけ、ズボンはくるぶしまでの短さで、つまりはテレビのショウに出てくる月並みの新聞記者のいでたちを忠実にまねている。とはいえ敏腕の記者ではある。

　ブラックはずんぐりした体格で、黒い髪が額をせまくしている。ずんぐりした指が無骨なのに反して頭脳は鋭かった。「あの連中なら情報を一手に集めているぞ」

「とんでもない」とロンソンが言った。「あの金モールの下にゃ体なんかありませんよ。裸にしてみりゃ、命令を下へ流し、責任を上へ送りこむコンベアベルトしかないね」

　ブラックは思わずにやりとしそうになるのをこらえた。「あの女博士はどう？」

「USロボット＆機械人間株式会社のスーザン・キャルヴィン博士」と記者は唱えるように言った。「彼女の心臓のあるべきところは超空間《ハイパー・スペース》で、目にゃ液化ヘリウムがたまっている。彼女が太陽をくぐりぬけりゃ凍った炎に包まれて出てくるんだ」

　ブラックは危うく相好をくずしかけた。「じゃあシュロス所長は？」

　ロンソンはよどみなく答えた。「彼は知りすぎている。聞き手に知性の閃きをかきたてることと、聞き手が自分の縦横な才気によって永久に盲目になってしまうんじゃあないかと自分の頭脳を鈍くさせることに専念するあまり、結局はなにも言わない男」

　ブラックはこんどこそ歯をむきだして笑った。「ぼくに目星をつけたわけを教えてくれるね？」

「そりゃ簡単だ、博士。あたしはあなたを見て、ばかであるには醜男《ぶおとこ》すぎるし、売名のチャンスを逸するには頭が切れすぎると判断したからですよ」

「いつか摸りたおしてやるから、おぼえていろ」とブラックは言った。「なにが知りたいんだ？」

《インタープラネタリ・プレス》からきた男はピットを指さした。「あれはうまくいくんですかね？」

下を見おろしたブラックは、背筋を火星の夜風のように冷たいものが吹きぬけるのを感じた。ピットというのは大きなテレビのスクリーンで、それが二分されている。半分は**あれ**の全景である。**あれ**のくぼんだ灰色の表面に見えるのは、かすかな日光をうけて鈍い光をはなっているパーセク号だ。半分はパーセク号の操縦室がうつっている。操縦室には人影がない。操縦席にいるのは、どことなく人間らしい恰好をしたものだが、それが陽電子ロボットであることはまぎれもなかった。

ブラックは言った。「物理的にはね、うまくいくでしょう。あのロボットは飛んでいって戻ってくる。くそ、その部分はたしかに成功した。ぼくはね、みんな見てきたんだ。エーテル物理学の学位をとった二週間後にここへ来て、それ以来ずっとここにいる、休暇も取りあげられて。はじめて鉄線を木星の軌道まで送って、超空間《スペース》を通過させて回収したときもここにいた――回収したのは鉄くずだったけどね。白ねずみを送って回収したときもここにいた、戻ってきたのはひき肉だったけどね。

それからハイパー・フィールドを作るのに六カ月かかった。超空間旅行《ハイパー・トラベル》を課せられている物体の点から点への数万分の一秒というわずかな遅滞を解消しなければならなかった。その後、白ねずみは無傷で戻るようになった。ある白ねずみは生きて帰って、帰ってから十分間生きていたというんで一週間もお祭りさわぎをしたのをおぼえているよ。いまじゃちゃんと世話をしているかぎり、ねずみは生きている」

「すごい！」とロンソンが言った。

ブラックは流し目で彼を見た。「ぼくは物理的にうまくいくといったんだ。戻ってきた白ねずみは――」

「どうしました？」

「腑ぬけだった。あんな白ねずみのちっぽけな魂でさえ消え失せちゃったんだ。食おうとしない。むりやり食わさなければならないんだ。交尾をしない。走らない。うずくまっている。ただうずくまったきり。うずくまったきりなんだ。それだけなんだ。最後にチンパンジーを送った。哀れだったなあ。人間に似すぎているんで見るにしのびなかった。戻ってきたときにはただ這いずりまわっている肉のかたまりだった。目を動かしたり、ときたまもがいたりはできるんだ。きいきい鳴いて、動くという気力もなく、自分の排泄物の中にすわっている。だれかがある日射殺したんでみんなほっとしたな。これははっきり言っておくけど、超空間《ハイパー・スペース》を通過したもので正気で帰ったものはいないんだ」

「それは公表するんですか？」

唇がゆがんだ。

「この実験がすんだ後でしょう。彼らはあれにおおいに期待しているからな」ブラックの

「あなたはしていない？」

「操縦席にロボットをすえて？　してませんね」ほとんど反射的にブラックの胸には数年前のあの幕間劇が思いうかんだ。あのとき彼は知らずしてロボット失踪事件の責任をとらされる羽目におちいったのだった。ハイパー基地に大勢いたネスター・ロボットたち、深く刻みつけられた一連の知識と完全主義者の欠点とをあわせもった彼らを思いうかべた。

ロボットの話をしてなんの益があるだろう？　彼は生来伝道者ではなかった。

だが彼の長い沈黙をロンソンが破り、嚙んでいたガムを新しいのととりかえながらこう言った。「あなたはまさかアンチ・ロボットじゃないでしょう。科学者はアンチ・ロボットじゃないグループに属するんだといつも聞かされてきたけれど」

ブラックの忍耐力はぷっつり切れた。「そのとおりさ、それが問題なんだ。現代の科学技術はロボットにとりつかれているんだ。どんな仕事にもロボットを使わなけりゃ気がすまない、そうしないとエンジニアたちは欺されたような気がするらしい。ドアのあおりどめがほしい、じゃあ足の太いロボットをお買いなさいとくる。由々しき問題ですな」彼は押しつぶした声でそれらの言葉をロンソンの耳におしこんだ。

ロンソンはつかまれた腕をようやく抜きだした。「ねえ、あたしゃロボットじゃありま

せんぜ。あたしに腹いせしないでくださいよ。あたしゃ人間だ。ホモ・サピエンスだ。もうちょっとでこの腕の骨が折れるところだった。それがなによりの証拠でしょ？」

だがいったん火がついたとなると茶化したぐらいではおさまらない。ブラックは言った。

「このお膳立てにどれだけの時間が浪費されたと思う？　完全な汎用ロボットを作ってそいつにひとつの命令をあたえた。以上。ぼくはその命令があたえられるのを聞いた。暗記したよ。短くて調子がいいんだ。〝操縦桿をしっかりと握れ。手前へしっかりと引け。しっかりと！　おまえが超空間《ハイパー・スペース》を二度通過したことを操作盤が告げるまでそのまま握っていろ〟そこで決定的瞬間にロボットは操縦桿を握って手前に引く。彼の手は人間の血液と同じ温度にあたためられている。操縦桿が定位置におかれると熱膨張によって接触が生じ、超力場《ハイパー・フィールド》が発生する。超空間《ハイパー・スペース》を最初に通過するさいに彼の頭脳に異変が起こったとしてもそれは問題ないんだ。彼のしなければならないことは一万分の一秒のあいだ、その姿勢を維持することだ、そうすりゃ船は戻るしハイパー・フィールドは消滅する。失敗はありえない。それからわれわれはその一般化された反応を分析してまずいところがあればなにがまずかったかわかるというわけだ」

ロンソンはぽかんとした顔で、「まことにごもっともなお話ですがね」

「そうかな？」とブラックは語気鋭く言った。「きみはロボットの頭脳からなにを学ぶというのか？　あちらは陽電子頭脳、ぼくたちのは細胞質だ。あれは金属で、ぼくたちは蛋白質だ。二つは同じものじゃない。比較のしようがないんだ。それなのにやつらは、ロボットから学んだ、いや学んだと思いこんでいることをもとにして人間を超空間《ハイパー・スペース》へ送りだそうとしている。かわいそうなもんだ！——死ぬかどうかの問題じゃない。呆けて帰ってくるんだ。あんたがあのチンパンジーを見ていたら、ぼくの言う意味がわかるんだけれどね。死はきれいさっぱりとしたもんだ。だがあれは——」

記者が言った。「そのことをだれかに話しましたか？」

ブラックは言った。「ああ。やつらはあんたの言ったようなことを言いやがった。ぼくがアンチ・ロボットだと、それで万事が片づくんだ——あのスーザン・キャルヴィンを見たまえよ。彼女がアンチ・ロボットじゃないことは確かだ。地球からはるばるこの実験を見にやってきたんだ。あの操縦室にいるのが人間だったら、わざわざお出ましにはならないよ。だけどこんなことがなんの役に立つんだ！」

「おいおい」とロンソンが言った。「それでおしまいにしないでくれ。まだあるはずだ？」

「なにが？」

「まだ問題がありますよ。ロボットのほうは説明していただきましたがね。だがこのにわかの特別管制はなんです？」

「え？」

「さあさあ、おねがいしますよ。なにしろね、突如として電報が打てなくなる。突如として船の出入りが禁止される。いったいなにが起こったんです？　こんどのだって実験でしょう。超空間《ハイパー・スペース》のことも、あんたがたがやっていることも、世間じゃとっくに知ってます。いったいなにを極秘にしているんです？」

怒りの余波はブラックをまだひたしていた、ロボットに対する怒り、スーザン・キャルヴィンに対する怒り、その昔のあの迷子のロボットの記憶に対する怒り。このやきもきしている小男の新聞記者と、人をいらだたせるくだらない質問にもその怒りをわけてやる分がまだあった。

相手がどんな反応を示すか見てやれと彼は思った。

「ほんとうに知りたいの？」

「もちろん」

「よし、じゃあ教えてあげよう。これまでに発生させたハイパー・フィールドはたかだかあの船の百万分の一の大きさのものに使う程度のものだった、送る距離もせいぜい今回の百万分の一だ。ということはまもなく発生するハイパー・フィールドはわれわれがこれまでに扱ったものの百万の百万倍のエネルギーをもっているということだ。そいつがどんなことをやれるのか見当もつかないね」

「と言うと？」

「理論上はあの船はシリウスの近くまで送られて、それからうまく回収されることになっている。だがパーセク号がいっしょに運ぶ空間はいったいどのくらいの容積になるのか？　想像もつかない。とにかく超空間《ハイパー・スペース》そのものが充分にわかっていないんだから。船がおいてある小惑星もいっしょに飛んでいくかもしれない、われわれの計算にいささかでも誤差があればここへ戻ってこないかもしれない。二百億マイルかなたに戻ってくるかもしれない。それに、あの小惑星をとりかこむ空間まで移動させられる可能性もある」

「いったいどれくらいの？」とロンソンが訊いた。

「さあね。不確定要素があるから。だからいかなる船舶も接近してはならないんだ。だからこの実験が無事終わるまで、そっとしておこうというわけでね」

ロンソンはごくりと唾をのみこんだ。「もしそれがハイパー基地に達するとしたら？」

「その可能性はある」とブラックは落ちつきはらって言った。「そう多くはないけれどね、さもなきゃシュロス所長がここにいるものか。とはいうものの、数学的にはその可能性はあるな」

新聞記者は腕の時計を見た。「いつはじまるんです？」

「五分以内。怖気《おじけ》づいたんじゃないの？」

「いや」とロンソンは言ったが、ぼんやりとして腰をおろし、それ以上なにも訊かなかった。

ブラックは手すりのほうへ身をのりだした。最後の数分が刻々とすぎていく。ロボットが動いた。

その動作をきっかけに並みいる人々のあいだに大きなどよめきがおこり、照明は眼下の映像を明るく鮮明にするために暗くされた。だがそこまではまだ第一段階にすぎない。ロボットの手が操縦桿にのびる。

ロボットが操縦桿を手前に引く最後の瞬間をブラックはかたずをのんで見守った。さまざまな可能性を想像することができ、それらがほとんど同時に頭にうかんだ。

まず短い揺らぎがある。これは超空間《ハイパー・スペース》を通って、行って帰ることを意味する。その時間間隔はきわめて短いけれども、回収点は正確には同じ出発点ではないだろう。それに揺らぎもある。例外なくある。

船が戻ってきたとき、船の巨大な容積とハイパー・フィールドをバランスさせる装置が不備だったことが判明するかもしれない。ロボットは鋼鉄のスクラップになっているかもしれない。船もまた鋼鉄のスクラップになっているかもしれない。

あるいは計算に誤差があって船は永久に戻ってこないかもしれない。さらに悪くすればハイパー基地が船もろとも飛びだして永久に戻ってこないかもしれない。

むろん万事うまくいくことだってありうる。船はちらちら揺らぎ、無傷のまま戻ってくるかもしれない。ロボットは正気のままシートから立ちあがり、人間の作った物体が太陽の引力圏を飛びだした初飛行の成功を示す合図をするだろう。
最後の一分がすぎていく。

最後の一秒がくるとロボットは操縦桿をつかみ、しっかりと手前に引いた——
なにも起こらなかった。
揺らぎもない。なにも！
パーセク号は正常空間《ノーマル・スペース》を飛びださなかった。

カルナー陸軍少将はてらてら光る額を拭うために軍帽を脱いだ、すると彼をじっさいの年より十は老けてみせる禿頭があらわれたが、そうでなくともすでに彼のひきゆがんだ顔が彼を十も老けさせてみせていた。パーセク号の失敗以来すでに一時間が経過しているが、なんの手も打たれてはいない。

「どうしてああいうことになったのだ？　どうしてああいうことになったのだ？　さっぱりわからん」

メイヤー・シュロス博士、四十にしてハイパー・フィールド・マトリックスという新しい科学の〈長老〉と見なされる人物はとほうにくれたように言った。「根本理論には誤りはありません。それは命をかけて断言できます。船のどこかに機械的な欠陥があるんです。そうにきまっています」彼はそれをすでに十数回くりかえしていた。

「すべてテストずみかと思っておった」これもまた前と同じくりかえしだ。

「そうです、閣下、そうですとも。とにかく同じことで——」これもまたしかり。

あらゆる人間の入室を禁じたカルナーのオフィスで二人の男はたがいに相手を見つめていた。二人とも同席の第三者をあえて見ようとはしなかった。

スーザン・キャルヴィンのうすい唇と蒼白い頬は無表情だった。彼女はひややかに言った。

「以前にわたしが申しあげたことを思いだしてご自分をお慰めになったらよろしいでしょう。それでどうなるというものじゃないけれど」

「議論を蒸しかえすときじゃありませんよ」とシュロスは苦々しそうに言った。

「議論なんかしていませんよ。USロボット&機械人間株式会社は合法的な使用目的を有する合法的な需要者に対して発注明細書どおりに作られたロボットを供給します。わたしどもの役目はすみました。わたしどもは、人間の頭脳に起こることについては、陽電子頭脳に起こった現象から結論をひきだしうるという保証はできないと申しあげてあります。わたしどもの責任はその時点でおわっています。議論の必要はありません」

「やれやれ《グレイト・スペース》」とカルナー陸軍少将は言ったけれども、せっかくの間投詞も弱々しく聞こえるような口調だった。「議論はやめようじゃあないですか」

「ほかにどうすりゃあいいんです?」とシュロスはつぶやいたが、それでもその論題に突進していった。「超空間《ハイパー・スペース》で頭脳になにが起こるのか突きとめるまではこれ以上の進歩は望めません。ロボットの頭脳は少なくとも数学的な分析が可能です。それが手がかりです、出発点です。そしてそれを試みるまでは——」彼は荒々しく顔をあげた。「しかしあなたのロボットが問題じゃないんだ、キャルヴィン博士。われわれはあいつやあいつの陽電子頭脳のことを心配しているんじゃないんだ。まったく女というものは——」彼の声は絶叫に近かった。

ロボ心理学者は平静な抑揚のない声をいささかも乱さずに彼を沈黙させた。「ヒステリーはご無用よ、あなた。わたしはこれまで数多くの危機にのぞんできたけれど、ヒステリーが問題を解決した例はひとつもありませんよ。わたしのほしいのは疑問に対する解答です」

シュロスの分厚い唇がわななき、深くくぼんだ目は眼窩の奥深くにひっこんでそのあとに黒い穴がぽっかりと開いたように見えた。彼はかすれた声で言った。「あなたはエーテル物理学を学ばれましたか？」

「それは見当ちがいなご質問ですね。わたしはUSロボット＆機械人間株式会社の主任ロボット心理学者です。パーセク号の操縦席にすわっているのは陽電子頭脳ロボットです。ほかのロボットと同様、あれはお貸ししたものでお売りしたわけではありません。これらのロボットがかかわる実験に関する情報は要求する権利があります」

「お話しなさい、シュロス」とカルナー少将は大声で言った。「この方なら——この方なら大丈夫だ」

キャルヴィン博士は青い目を少将に向けた。彼はロボット失踪事件のさいに居あわせており、したがって彼女を誤解する心配はなかった（シュロスは当時病気のため休暇をとっていた、伝聞は体験ほど説得力はないものである）。「ありがとうございます、少将」と彼女は言った。

シュロスはとほうにくれたように二人をこもごも眺めながらつぶやいた。「なにがお知りになりたいんですか？」

「まず第一の質問は、ロボットが問題ではないというと、いったいなにが問題です？」

「問題は明らかですよ。船は動かなかった。あなた、目が見えないんですか？」

「目はよく見えますよ。わたしにわからないのは、機械の故障をどうしてそう恐れているのか、ということ。故障はときどきあるのでしょう？」

少将がつぶやくように言った。「費用の問題でね。あの船はとてつもなく高価なものだ。世界会議の拠出金で——」彼は板ばさみの苦衷にあえいでいた。

「船はまだあそこにあります。簡単な分解修理なら、たいして手間ひまはかからないでしょうに」

シュロスは気をとりなおした。顔にうかんだ表情は、魂を両手につかんで強くゆすぶって立たせた男のそれだった。声もなんとか抑えた。「キャルヴィン博士、わたしが機械的な欠陥というときには、塵の微粒子の詰まったリレーとか、一滴の機械油のせいで切断された接触とか、瞬間的な熱膨張によってだめになったトランジスタなどのことを言っているんです。それに似たような何十という、いや何百という故障が考えうる。それらはみんなまったく一時的なものかもしれない。いつなんどきそれが回復するかもしれない」

「つまりパーセク号はいつなんどき超空間《ハイパー・スペース》に入って、そして戻ってくるかもしれないということですね」

「そうです。これでおわかりですか？」

「さっぱり。それならお望みどおりじゃありませんか」

シュロスは髪の毛を二にぎりほどつかんでひっぱるようなしぐさをした。「あなたはエーテル物理学者ではない」

「そうでないとあなたの舌はまわらないんですか、博士？」

「われわれはあの船を」とシュロスは絶望的な口調で言った。「銀河系の引力の中心を基準にして計った一点から別の一点へジャンプさせるように調整した。そして太陽系の運行に合わせて調整された出発点に戻ってくるようにしなければならない。パーセク号の発射後に経過する時間のあいだに太陽系は位置を変えてしまうから。ハイパー・フィールドの調整に使った初期パラメータの値はもう使えないことになる。通常の運動法則はハイパー

・スペースにはあてはまらないから、新しいパラメータの値を求めるには一週間もかかるんです」
「つまりもし船がいま発進すれば、何千マイルもはなれた予測もつかない地点に突入してしまうというのですね」

「予測もつかない？」シュロスはうつろな笑いをうかべた。「そう、そう言っていいでしょう。パーセク号はアンドロメダ星雲か太陽の真ん中に突入してしまうかもしれない。どちらにしてもふたたび相まみえる公算はないでしょう」

スーザン・キャルヴィンはうなずいた。「すると事態は、もし船が消えてしまえば、それはいつなんどき起こるかわからないけれど、納税者の何十億という金も永久に消えてしまう――言うなれば――へまをやって――」

カルナー少将は臀部を鋭いピンで突き刺されてもこうはひるまなかったであろう。

ロボ心理学者はかまわず言葉をついだ。「ともあれ船にあるハイパー・フィールドの装置が作動しないようにしなければなりませんね、しかも一刻も早く。なにかを引き抜くとか、引きちぎるとか、はじきとばすとかしなければ」彼女はひとりごとのように言った。

「それほど簡単ではないんです」とシュロスが言った。「あなたがエーテル物理学の専門家じゃないので、うまく説明できないが。たとえて言えば庭鋏で高圧線をちょきちょき切って通常の電気回路を切断するようなものです。悲惨な結果になるはずです。きっと悲惨な結果に」

「装置の作動を停止させようとすれば、船を超空間《ハイパー・スペース》へほうりこむきっかけを作るかもしれないと言うのですか？」

「いいかげんな方法ではそういうことになるでしょう。ハイパー・フォースは光の速度によって制約されません。速度の制約がないということはおおいにありうる。だからいっそう厄介なんです。唯一の穏当な解決策はどういう性質の故障かを突きとめ、それからハイパー・フィールドを切断する安全な方法を探すことです」

「どうやってそうなさるおつもりですか、シュロス博士？」

シュロスは言った。「それはただひとつ、うちのネスター・ロボットを送ることだと思いますが」

「とんでもない！　ばかなことを言わないでください」とスーザン・キャルヴィンがさえぎった。

シュロスはひややかに言った。「ネスターはエーテル物理学上の問題には通じているから。あれなら完全に――」

「問題外です。許可なしにうちの陽電子ロボットをそんな目的に供することはできませんよ。あなたはその許可を得ていない。これから手に入れることもできませんよ」

「じゃあどうすればいいんです？」

「おたくの技師を派遣すべきです」

シュロスははげしくかぶりをふった。「不可能だ。危険が大きすぎる。船ばかりか人間まで失うことになれば――」

「それにしてもネスター・ロボットは、いえ、いかなるロボットも使うことはなりません」

少将が言った。「では――では地球と連絡をとらねばなるまい。この問題は上層部にまかせるべきものだ」

スーザン・キャルヴィンはつっぱねるように言った。「わたしなら、まだそんなことはしませんね、少将。自分の行動の計画なり提案なりを示さずに政府のご慈悲にすがることになるんですよ。あなたの立場は悪くなるでしょうね、きっと」

「しかし、ほかにどうすればいいんでしょうな？」少将はまたハンカチで額を拭った。

「人間を送るんです。それ以外に方法はありません」

シュロスの顔は鉛色になった。「人間を送れ、というだけならやさしいが。だれを送るんです？」

「その問題をずっと考えていました。あの青年はどうでしょう――名前はブラック――この前ハイパー基地を訪れたときに会った人物」

「ジェラルド・ブラック博士？」

「そうだと思います。そうですわ。あのときは独身でした。いまもそうかしら?」

「ええ、そうだと思いますね」

「では、そう、十五分後にここへ連れてきていただけませんか、それまでに、そう、彼の記録を調べておきます」

いつのまにか彼女はこの場の命令者となり、カルナーもシュロスもその命令に抗しようとはしなかった。


ブラックは、再度ハイパー基地をおとずれたスーザン・キャルヴィンを遠くはなれたところで眺めていた。彼は決してその距離を縮めようとはしなかった。キャルヴィン博士の前に呼びだされたいま、相手を衝撃と憎悪とをもって見つめている自分に気づいた。背後に立っているシュロス博士やカルナー少将はろくろく目に入らなかった。

この前も迷子のロボットについて厳しい追及を受けるためにこんなふうにして彼女と対面したことを思いだした。

キャルヴィン博士の冷たい灰色の目は、彼の殺気だった茶色の目にじっと注がれている。

「ブラック博士」と彼女は言った。「この事態を理解していますね」

「ええ」とブラックは言った。

「なんらかの手を打たねばならないんです。船は非常に高価なもので失うわけにはいかない。悪い噂がたてばこのプロジェクトの命とりになるでしょう」
ブラックはうなずいて、「それはぼくも考えています」と言った。
「ではあなたも、だれかがあのパーセク号に乗りこんで故障を発見して、それから——あ
あ——あれが作動しないようにすることが必要だと考えたでしょうね」
一瞬沈黙がおちた。ブラックはかすれた声で言った。「どんなばかが行きますか」
カルナーは眉をひそめてシュロスを見たが、シュロスは唇をかんであらぬ方《かた》を見つめて
いる。
スーザン・キャルヴィンは言った。「むろんハイパー・フィールドが偶然に発生する可
能性はあります、そのときには船は手の届かぬところへ飛んでいってしまうかもしれない。
あるいは太陽系のどこかに戻ってくるかもしれない。その場合には人間と船を回収するた
めの費用と努力は惜しまないでしょう」
「痴人と船！　訂正まで」
スーザン・キャルヴィンはその言葉を無視した。「あなたをその任にあたらせるようカ
ルナー少将の許可をいただきました。行かねばならぬのはあなたです」
間髪をいれずブラックはできるかぎり抑揚のない声で言った。「博士、ぼくは志願して
いません」
「このハイパー基地にはこの問題を首尾よく解決するに足る知識をもった人間は十人とい

ません。その中からあなたを、この前のお知りあいのよしみで選んだのです。あなたならこの仕事をよく理解して——」

「あの、ぼくは志願していません」

「選択の余地はありませんよ。きっとあなたの責任という問題になるでしょうから」

「ぼくの責任？　なんでぼくの責任になるんです？」

「あなたはこの仕事にもっとも適しているひとだから」

「あなたはこれの危険をご存じですか？」

「知っていますよ」

「知らないと思うな。あのチンパンジーを見たことがないんですから。ね、ぼくが〝痴人と船〟と言ったのはなにも意見を述べたわけじゃないんですよ。事実を述べたまでです。どうしてもやらなくちゃならないとしたら、ぼくは命の危険を冒すつもりです。おそらく喜んで、とは言えないでしょうが、まあやってみるでしょう。痴呆になる危険、一生動物みたいな痴呆で終わる危険は冒したくない、それだけです」

スーザン・キャルヴィンは若い技師の怒りに歪んだ汗ばんだ顔をじっと見つめた。

ブラックはわめいた。「あなたんとこのロボットを送りゃいいんだ、NS2型の仕事だ」

心理学者の目が冷たい光を放った。彼女は平然と言った。「ええ、シュロス博士もそうおっしゃったわ。でもね、NS2型ロボットはうちの会社がお貸ししたものでお売りしたものではありません。なにしろ一台数百万ドルものコストがかかっています。わたしは会社を代表している人間ですけれど、そのように高価なものですから、このような危険にさらすわけにはいかないと判断しました」

ブラックは両手を振りあげた。それは固く握りしめられ、無理に押さえつけたかのように胸もとでぶるぶると震えた。「するとあなたは――あなたはこう言うんですか、ぼくにロボットのかわりに行けと、なぜならぼくのほうが消耗品だからと」

「そういうことになりますね、はい」

「キャルヴィン博士。地獄でまっ先に会いましょう」

「それは文字どおり真実かもしれませんよ、ブラック博士。カルナー少将が承認なさるでしょうが、あなたはこの任務を受諾するよう命令されます。あなたはここでは準軍事法に拘束されているはず、もし任務を拒否すれば、軍事裁判にかけられます。こういうケースは水星刑務所送りでしょうから、万々が一わたしがあなたを訪れるとすれば、不愉快ながらあなたのお言葉どおりの地獄へ行くことになるでしょうね、行こうとは思いませんけれど。また一方、パーセク号に乗りこむことに同意してこの仕事をなしとげれば、あなたのキャリアにたいそうな箔がつくことになります」

ブラックは血走った目で彼女をにらみつけた。

スーザン・キャルヴィンは言った。「この方に考える時間を五分さしあげてください、カルナー少将、それから船の準備をしておいてください」

二人の警備官がブラックを部屋の外へ連れだした。

ジェラルド・ブラックは寒気をおぼえた。動いている四肢は自分の体の一部ではないかのようだった。自分が船に乗り、**あれ**へ、パーセク号へ向かう準備をしているのを、どこか遠い安全な場所で眺めているようなあんばいだった。

信じがたいことだった。彼はふいに頭をたれ、「行きます」と言ったのだった。

だがなぜだ？

自分が英雄タイプだとは夢にも思わない。じゃあなぜだ？ ひとつには水星の刑務所の脅威。ひとつには自分を知る人たちの目に、腰抜けと、人並みの勇気の半分ももたない臆病ものと映るのがなんとしてもたまらなかった。

だが主な理由はほかにあった。

《インタープラネタリ・プレス》のロンソンは船に向かう途中のブラックをつかまえた。ブラックはロンソンの紅潮した顔を見つめながら言った。「なんの用だ？」

ロンソンはまくしたてた。「いいですか、戻ったら独占記事にしたいんです。金はいくらでもはらう——お望みしだいのものを」

ブラックは彼を押しのけ床にはいつくばらせて、その場を立ち去った。

船には二人の乗組員がいた。二人とも彼に話しかけなかった。彼らの視線はブラックの上を、下を、そのまわりをうろうろとさまよった。ブラックは気にかけなかった。彼らは口がからからになるほどおびえていて、彼らの船は、はじめて見る犬に向かってちょこちょこ走っていく小猫のようにパーセク号に近づいていく。こんなやつらがいなくても彼はやってのけられるはずだ。

さっきから目の前にうかべている顔がたったひとつある。カルナー少将の不安げな顔やシュロスの顔のわざとらしい決意の表情などは脳裡をちらりとかすめただけだ。彼らはたちまち消えうせてしまった。目前にうかぶのはスーザン・キャルヴィンの平然たる顔だ。乗船する彼を見送るひややかな無表情な顔。

すでに宇宙のかなたに消えさったハイパー基地の方角の暗黒を彼は凝視した。

スーザン・キャルヴィン！　スーザン・キャルヴィン博士！　ロボ心理学者スーザン・キャルヴィン！　女みたいに歩くロボット！

あの女の三原則とはなんだろうか。第一条、汝《なんじ》、汝のもてるすべての力、すべての心、すべての魂をもってロボットを守るべし。第二条、汝、第一条に反するおそれのないかぎり、USロボット&機械人間株式会社の利益を守るべし。第三条、汝、第一条、第二条に反するおそれのないかぎり、人間に束の間の配慮をあたうべし。

あの女にも若いときがあったのだろうかと彼は物狂おしく考える。偽りのない感情というものを抱いたことがあるだろうか？

畜生《スペース》！　あの女の顔から、あの凍りついた無表情をはがしてやるようなことがしたい、と彼はどれほど願っただろう？

やってやるとも！

星に賭けてもやるとも！　自分が正気をなくしてしまえばいいんだ、そうすればあの女が叩きのめされ、あいつの会社もロボットのやつらも、ともに叩きのめされるのを見ることができるのだ。刑務所の恐怖や社会的な顕示欲などを超えて彼を駆りたてたものはこの願いだった。彼の心から恐怖をほとんど拭いさってくれたのもこの願いだった。ほとんど。

パイロットの一人が彼のほうを見ずにささやいた。「ここでおりてください。高度半マイルです」

ブラックは鋭い声で言った。「きみたちはおりないのか？」

「おりてはならないという厳命です。着陸の振動がことによると――」

「ぼくの着陸の振動はどうなんだ？」

「命令ですから」とパイロットは言った。

ブラックはもはやなにも言わずに宇宙服にもぐりこんでインナー・ロックの開くのを待った。ツール・キットは金属服の右腿に溶接してある。

ロックへもぐりこもうとしたとき、ヘルメットの中のイアピースが鳴った。「幸運を祈ります、博士」

それが船の二人の乗組員からのものであり、それだけのことを言うためにこの不気味な空間から逃れるための必死の作業を中断したのだということに気づくまでに数秒かかった。

「ありがとう」とブラックはぶっきらぼうに、腹立ち半分に言った。

そして彼は宇宙へ出たが、アウター・ロックに当てた足が少々中心をはなれていた結果、ゆっくりとひっくりかえった。

彼を待っているパーセク号の姿が見えた、ひっくりかえったとき、彼を運んできた船のサイド・ジェットから噴きだす長い尾が股間に見えた。

彼はひとりになった！　この宇宙にただひとり！

地球史上これほどの孤独を味わったものがいるだろうか？

もし――もしあれが起こったら、自分にはわかるのだろうか？　起こったことに気づく瞬間があるのだろうか？　正気が失せ、理性や思考の光が暗くなりそして消える瞬間を自分は感じるのだろうか？

それともナイフですぱっと断ちきるように、それは突如おそうのだろうか？

いずれにしても――

あのうつろな目をした、正気をなくし恐怖に震えるチンパンジーの姿がふたたび眼前にありありとうかんだ。

小惑星は眼下二十フィートにせまった。**あれ**はきわめて滑らかに宇宙をめぐっている。人間たちを閉めだしているので、天文学的に長い時間、あの上の砂の一粒すら動いていないわけだ。

完全に振動のない**あれ**の上で、砂の微粒子がパーセク号の精緻な装置に入りこんでいるのかもしれない、あるいは可動部品に注入された精製油の中の不純物の一片が装置を止めたのかもしれない。

おそらくほんのわずかな振動、衝撃によって生ずるかすかな振動がありさえすれば、可動部の障害物は取りのぞかれて動きはじめ、ハイパー・フィールドを作りだし、ふっくらとふくらんだ薔薇のつぼみのようにそれを花ひらかせるだろう。

彼の体はいままさに**あれ**に触れようとしている、彼はそうっと着地するために四肢をちぢめた。この小惑星に触れたくない。肌がはげしい嫌悪のために総毛だつ。

あれが接近する。

さあ――いま――

なにも起こらない。

ただ足下に小惑星の感触があるのみだ。充分な慣性をもつが無重量状態の二百五十ポンド(彼の体重プラス宇宙服)の物体、それの及ぼす圧力が徐々にかかっていく不気味な一瞬。

ブラックはそろそろと目を開け、ちりばめられた星を見た。太陽は光るおはじき、その輝きは宇宙服のフェイスプレートの偏光シールドによって弱められている。星の光もそれに応じてかすかだが、見なれた配置になっている。太陽があって、星座が正常なら、彼はまだ太陽系にいるわけだ。ハイパー基地すら暗い小さな三日月のように見えている。

だしぬけに耳もとで音がしたので、彼ははっとして体をこわばらせた。シュロスの声だった。

「きみの姿が見えるぞ、ブラック。きみはひとりではないぞ!」

ブラックはその修辞を笑いとばすこともできたけれども、押し殺した声でただこう言った。

「消えてくれ。そうしてくれたら、気を散らさないですむ」

沈黙。シュロスの声はいっそうなだめるような調子になって、「こちらと連絡をとりながら進めば緊張がほぐれるかもしれない——」

「戻ったら報告します。それまではだめです」と彼はきっぱりと言った。金属に包まれた指が胸の操作パネルに荒々しく伸び、宇宙服の無線装置を切った。やつらは真空に向かって喋ればいいんだ。彼には彼の計画がある。もし正気でここを脱出すれば、それは彼のひとり舞台になるだろう。

彼は細心の注意をはらって**あれ**の上に立った。無意識の筋肉の動きでちょっとよろけると、無重力のためにたちまち体がふらつきだした。ハイパー基地にいるときは人工重力場が支えてくれるのだが。ブラックは自分の心の一部がじゅうぶん冷静にそれを思い出しており、それがないことに感謝しているのに気づいた。

太陽は岩山のかげに隠れていた。天空の星は、この小惑星の一時間周期の自転にあわせて動いている。

彼の立っているところからパーセク号が見える。彼はいまそれに向かってそろそろと用心深く――ほとんど爪先だちで歩くようにして進んでいく。（振動を起こすな。振動を起こすな。その言葉が哀願するように頭の中を駈けめぐる）

どれだけ進んだのか、いつのまにか彼は船の前にいた。アウター・ロックへよじのぼるためのハンドグリップの下にいた。

そこで彼は立ちどまる。

船は何事もないように見えた。少なくとも根もとから三分の一の高さと三分の二の高さのところに環状に並んでいる鋼鉄のノブを別とすればふつうの船に見えた。この瞬間にもそれらはハイパー・フィールドの原極《ソース・ポール》になるために全力を注いでいるにちがいない。

手を伸ばしてそれをなでてみたいという奇妙な衝動がふいにつきあげる。それはよくあるばかげた衝動のたぐいで、たとえば高いビルから下を見たとき、だれの頭にもうかんでくる〝もし飛びおりたら〟という刹那的な思いに似ていた。

ブラックは深呼吸をし、じっとりと冷や汗がにじみでてくるのを感じながら、両手の指をひろげてそうっとそうっと、両の掌を船腹にあてた。

なにも起きない!

いちばん下のハンドグリップをつかみ、用心深く体を引っぱりあげる。建造要員のように無重量状態の作業に熟練していればよかったのに。慣性に打ち勝って止まるには適度の力が要《い》る。一秒でも長くつかみすぎればたちまちバランスを失って船の側面にぶつかってしまうだろう。

ゆっくりとおぼつかない指先を使ってのぼっていく、両足と臀部は左腕を上にのばすと右にゆれ、右腕をのばすと左へゆれた。

十本あまりの横棒をのぼりつめた、指先がアウター・ロックを開ける開閉ボタンの上でためらう。安全表示は緑色の小さなしみだ。

ふたたび彼はためらった。これは彼が、故障以来はじめて船の動力を使うということだ。頭に配線図や動力系統図を思いうかべた。このボタンを押せばパワーはマイクロパイルを流れアウター・ロックの厚い金属パネルを開けるだろう。

そんなことを考えたってしようがあるまい？　故障箇所がわからないというのに、動力使用の影響などわかるわけがない。彼は溜息をつき開閉ボタンに手を触れた。

だから？

音もなく振動もなく船体の一部がするすると開いた。ブラックはもう一度なつかしい星座（変わってはいなかった）を眺めやり、それから柔らかな照明の内部へ踏みこんだ。アウター・ロックが背後で閉まった。

さらにもうひとつのボタン。インナー・ロックを開けねばならない。彼はふたたび考えた。船内の気圧はインナー・ロックを開けたときかすかではあるけれども下がるだろう、そして船の電気分解装置がその減圧分を補うまでには数秒かかるだろう。

だから？

たとえばボッシュ製の後部プレートは圧力に敏感だけれども、それほど敏感ではないはずだ。

ふたたび溜息をつき、前よりもいっそう慎重に（恐怖のために皮膚がこわばった）ボタンに触れた。インナー・ロックが開いた。

彼はパーセク号の操縦室に足を踏みいれた。彼の目にまず飛びこんできたのはビジプレートだった。受信状態にセットされ、粉のようにふりまかれた星が映っているそれを見た彼の心臓はどくんととびあがった。彼は目をむりやりそれに向けた。

何事もない！　カシオペアが見える。星座は正常で彼はパーセク号の中にいる。ともあれ最悪の事態が去ったのだと感じた。ここまできて、まだ太陽系にとどまっている、ここまで正気をもちこたえているのだと思うと、かすかな自信のようなものが少しずつよみがえるのを感じた。

パーセク号は神秘的とでもいいたいような静寂につつまれている。ブラックはこれまで何度も船に乗ったことはあるが、船内にはたえずいきいきした音があった、靴をひきずる音や、廊下をいくキャビンボーイの鼻唄だけだとしても。ここでは自分の心臓の鼓動すらも消えてしまいそうだった。

操縦席のロボットはこちらに背を向けている。彼が入っていったことに気づいている様子はなかった。

ブラックは歯をむきだしにやりとして鋭く言った。「操縦桿をはなせ！　立て」声は狭い室内にとどろきわたった。

彼が自分の声が引き起こした振動にぎょっとしたときはもう手遅れだったが、ビジプレートの星座は変わらなかった。

むろんロボットは身じろぎもしない。それはいかなる種類の感覚も受けつけないのだろう。第一条にすら反応することができなかった。ほとんど瞬間的なプロセスのとちゅうでフリーズしてしまったのだ。

ロボットにあたえられた命令を彼は思いだした。あれは誤解の余地はない。〈操縦桿をしっかりと握れ、手前へしっかりと引け。しっかりと！　おまえが超空間《ハイパー・スペース》を二度通過したことを操作盤が告げるまでそのまま握っていろ〉

さて、ロボットは超空間《ハイパー・スペース》をまだ一度も通過していない。

彼はそろそろとロボットに近づいた。ロボットは膝のあいだに操縦桿をしっかりと引きつけていた。その動作は、引き金装置《トリガー・メカニズム》をほぼ所定の位置に送りこんでいた。そしてロボットの金属の手のぬくもりによる熱電対方式で、接触に必要なだけ引き金《トリガー》を引いていた。ブラックは無意識に操作盤にセットされているサーモメーターの目盛を読んだ。ロボットの手の温度は摂氏三十七度の適温を示している。

見事なものだと彼は苦々しく思った。おれはひとりでこの機械とここにこうしているのに、こいつをどうすることもできないのだ。

おれがやりたいのはバールをもってきてこいつをめちゃくちゃにたたきこわすことだ。彼はその考えを心ゆくまで味わった。スーザン・キャルヴィンの面上にうかぶ恐怖がまざまざと見える（もしキャルヴィンという氷にしみこむことのできる恐怖があるとしたら、それは粉微塵になったロボットという恐怖だろう）。あらゆる陽電子ロボットと同じくこの一台もUSロボットの所有になるもので、あそこで作られあそこでテストされたものだ。

彼は復讐の空想からすっかりエキスを吸いとってしまうと、あらためて真顔になって船内を見まわした。

結局ここまでの進歩は零《ゼロ》だった。

彼はゆっくりと宇宙服を脱いだ。それを静かに棚の上においた。それから部屋から部屋を細心の注意をもって歩きまわり、巨大な超原子モーターの入り組んだ機構を調べ、ケーブルをたどってフィールドリレーを点検した。

どこにも手は触れなかった。ハイパー・フィールドの発生機能を消滅させる方法は十指に余るが、そのいずれも、少なくとも故障箇所が推察でき、それによって正確な処理方法が導かれるのでないかぎりは破壊を招くおそれがある。

彼は操作盤の前に戻ると、ロボットの鈍重な背中に向かってわめいた。「教えてくれ、どこが悪いんだ？」

船の機械装置を手当たりしだいアタックしてやろうかという衝動がわきあがる。そいつをめちゃくちゃに叩きこわしてそれでおしまい。彼はその衝動をしっかりと抑えつける。一週間かかっても、しかるべき攻撃点をなんとか推測してみよう。そうできたのは、スーザン・キャルヴィン博士と彼女に対する彼のある計画のおかげだった。

彼はゆっくりと踵をかえしつつ考えた。この船のあらゆる装備は、エンジンからツーウエイ・トグル・スイッチにいたるまですべてハイパー基地で徹底的なテストが行なわれている。故障が発生することはほとんど考えられない。この船のものはなにひとつ——いや、むろん例外はある。ロボットだ！ あれはUSロボットでテストされた、やつらなら、ああくそ、あの悪魔の皮をはいでやりたい、有能だと考えられているんだ。みなが口ぐせのように言っているのはなんだ。〈ロボットのほうが、とうぜんよりよい仕事ができる〉。

それが一般の考え方で、それの一部はUSロボットの宣伝文句にもとづく通常の仮説だ。ご用途にしたがって人間より性能のいいロボットをお作りいたします。〝人間同様の〟ではなく〝人間よりいい〟なのだ。

ジェラルド・ブラックがロボットを眺めながらそんなことを考えているうちに、狭い額の下の眉がぎゅっとあがり、驚愕と狂おしい希望のいりまじった表情がうかんだ。

ロボットに近づいてまわりをまわった。操縦桿を引き金《トリガー》の位置に引いているその腕を彼は見つめた。船がジャンプしなければ、ロボット自体の動力源が尽きないかぎり、その腕は永遠にそうしているだろう。

ブラックは息を深く吸った。「そうだ。きっとそうだ」

彼は後ろにさがってじっと考えこんだ。「そうにちがいない」と彼は言った。

そして船の無線機を入れた。音声の搬送波はすでにハイパー基地に向けられていた。彼はマウスピースに向かってどなった。「やあ、シュロス」

シュロスはすぐさま応答した。「たいへんだな、ブラック――」

「どういたしまして」とブラックはきびきびと答えた。「話すことはない。ただあなたがたが見ているかどうか確かめたいだけです」

「ああ、見てるとも。みんな見ている。おい――」

ブラックはスイッチを切った。そして操縦室のテレビカメラをまったく一方的に眺めてにやりと笑った。彼は操縦室にあるテレビカメラに向かって、ひきつったように笑いかけると、それからみなに見えているはずのハイパー・フィールドの機器の一部を選んだ。どれだけの人間がテレビ室にいるだろうか。カルナーとシュロスとスーザン・キャルヴィンだけかもしれない。あるいは関係者全員かもしれない。いずれにしてもこれから彼らに見せてやるのだ。

リレー・ボックス#3はその目的に最適だと思った。壁の凹みに取りつけてあり、低温縫合《シーム》のなめらかなパネルでおおわれている。ブラックはツール・キットに手をつっこんで先の丸い不恰好な縫合具《シーマー》をとりだした。宇宙服を棚の奥におしやると（ツール・キットをとるために出したので）、あらためてリレー・ボックスに向きなおった。

ひりひりするような不安を無視してシーマーを取り上げ、低温縫合部の三カ所にそれをあてた。シーマーの力場は巧みにすばやく働き、エネルギー波の放射とともに手のなかのハンドルが温かくなる。パネルがはずれた。

彼はいやいやながらすばやくピジプレートを一瞥した。星座は正常だった。彼自身にも異常はなかった。

これが彼の必要とした勇気の最後のひとかけらだった。彼は片足をあげ、壁の凹みにある羽毛のように繊細な機器を靴で踏みにじった。

ガラスの破片、ねじれた金属片、水銀の細かな霧——

ブラックは大きく息をした。そして無線機を入れた。「まだそこにいますか、シュロス?」

「ああ、だが——」

「じゃあパーセク号のハイパー・フィールドの発生を停止したことを報告します。迎えをよこしてください」

ジェラルド・ブラックはパーセク号へ向かったときにも増して英雄になったという気分ではなかったが、どっちみちそういうことになったようだった。彼をこの小惑星に運んできた男たちが彼を迎えにきた。こんどは彼らも着陸した。そしてブラックの背中を叩いた。

船が帰還したハイパー基地は出迎えの人々でごったがえしており、ブラックは大歓声をもって迎えられた。彼は英雄の義務として群衆に手を振り笑顔を向けたが、胸中に勝利感はなかった。まだなかった。期待のみがあった。勝利感はこのあとで感じられるだろう、スーザン・キャルヴィンと向かいあったとき。

彼は下船する前にちょっと足を止めた。群衆の中に彼女の姿を探したが見あたらなかった。カルナー少将がいた、軍人らしいしかつめらしさを取りもどし、顔には虚勢をはった賞讃の表情をぺったりとはりつけて待ちかまえている。メイヤー・シュロスは落ち着かない笑顔を向けた。《インタープラネタリ・プレス》のロンソンは狂ったように手を振りまわしている。スーザン・キャルヴィンはどこにもいなかった。

地上に降り立った彼はカルナーとシュロスを無視した。「まず入浴して、食事をします」

少なくともいまは少将であろうとだれであろうと、頭ごなしに命令してもかまわないと思った。

警護官が彼のために道をあけてくれた。彼は入浴し、強制的な隔離状態のもとでゆったりと食事をしたが、この強制措置はひとえに彼の要望だった。それから《インタープラネタリ》のロンソンに電話をし、ちょっと話し合った。折りかえしの電話を待つあいだにすっかり寛《くつろ》いだ気分になった。なにもかも期待以上に運んだ。船のこの事故までが彼とひそかに謀ったようだった。

ようやく少将のオフィスを呼びだし、会議の召集を命じた。それはたしかに――命令というに等しいものであった。だがカルナー陸軍少将は、「イエス、サー」と言っただけだった。

彼らはふたたび一堂に会した。ジェラルド・ブラック、カルナー、シュロス——そしてスーザン・キャルヴィン。だが今回はブラックが一座を牛耳る番だった。ロボ心理学者は相変わらず縦皺をきざんだ、勝利にも災厄にも無感動な顔をしていたが、あるかなきかの態度の変化によって主役を彼に譲ったことを示しているようだった。

シュロス博士は親指の爪をかみながら慎重に切りだした。「ブラック博士、われわれ一同、きみの勇気と成功に深い感謝をささげる」それからただちに健全な引き下げ《デフレーション》を行なうとでもいうようにこうつけくわえた。「だがリレーを靴で踏みにじるような行為はまことに軽率であって成功というに値しない暴挙だ」

ブラックは言った。「あれは、成功するには避けられない唯一の行動でした。いいですか、(これが爆弾第一号だ)あのときすでに故障箇所はわかっていたんですから」

シュロスは立ちあがった。「わかっていた？　ほんとうかね？」

「ご自分で行ってごらんなさい。もう安全だから。見るべきところは教えてあげます」

シュロスはのろのろと腰をおろした。カルナー少将は体をのりだした。「そりゃすごいな、ほんとうだとすれば」

「ほんとうですとも」とブラックは言った。彼の視線は無言の行のスーザン・キャルヴィンのほうへすべっていった。

ブラックは優越感を楽しんでいた。彼はさらに第二の爆弾を放った。「もちろんそれはあのロボットでした。聞いていますか、キャルヴィン博士？」

スーザン・キャルヴィンがはじめて口を開いた。「聞こえていますよ。じつのところそれは予期していたといってよいでしょう。ハイパー基地でテストされなかった装備はあれだけですから」

ブラックはちょっとひるんだ。「あなたはそんなことは一言も言わなかった」

「シュロス博士がくりかえして言われたように、わたしはエーテル物理学の専門家ではありません。わたしの推量はあくまでも推測の域を出ませんし、誤っている可能性もおおいにあります。任務に先だってあなたに偏見をあたえる権利はないと思ったのです」

「なるほど、で、どこがだめだったか見当がつきましたか？」

「いいえ」

「そりゃ、むろんあれは人間より性能がいい。それが問題だった。問題がUSロボットのその特性に潜在していたというのは奇妙じゃありませんか？　おたくでは人間より性能のいいロボットを作っているんですよね」

彼は叩きつけるように言ったが、相手は挑発には乗ってこなかった。

そのかわり彼女は溜息をついた。「ねえブラック博士、わたしはわが社の販売促進課のスローガンに責任はありません」

ブラックはまたもやひるんだ。この女は一筋縄ではいかない、このキャルヴィンは。彼は言った。「おたくの会社は、パーセク号の操縦席にすわる人間のかわりのロボットを作った。彼は操縦桿を手前に引き、定位置におく、彼の手の熱が引き金《トリガー》をねじって最後のコンタクトを行なう。ごく簡単ですな、キャルヴィン博士？」

「ごく簡単です、ブラック博士」

「ロボットの性能が人間よりよくなかったら、成功していたでしょう。不幸にもUSロボットはどうしても人間より性能のすぐれたものを作らねばならないと思いこんでいた。ロボットは操縦桿をしっかり引けと教えられた。この言葉はくりかえされ、強調された。そこでロボットは言われたとおりにやった。操縦桿をしっかりと引いた。ただひとつ困ったことがあった。あの操縦桿は標準なみの人間のために設計されていたが、ロボットの力は優に人間の十倍はあった」

「あなたがほのめかしているのは――」

「ぼくが言いたいのは操縦桿が曲がってしまったということ。そのために引き金《トリガー》の位置がずれてしまった。だからロボットの手のぬくもりが熱電対の引き金《トリガー》をねじってもコンタクトは行なわれなかった」彼はにやりと笑った。「これはただ一台のロボットの失敗ではすまされませんよ、キャルヴィン博士。ロボットというアイディアの失敗を象徴するものです」

「ちょっとお待ちなさい、ブラック博士」とスーザン・キャルヴィンが冷然と言った。「あなたは伝道者心理で論理を見失っている。ロボットは腕力とともに相応の理解力もそなえているんです。あれに命令をあたえた人間が〝しっかりと〟などという愚かしい副詞を用いずに数量的な言葉を用いていたらこんなことは起こらなかったはずです。〝五十五ポンドの力で引け〟と命令していれば、万事うまくいっていたはずなんです」

「つまりは」とブラックは言った。「ロボットの不完全さを人間の知性と創意で補うべきだとおっしゃるんですね。地球の人たちもそういう見方をするだろうし、こんな大へまをやったUSロボットを許す気にはならんでしょうね」

カルナー少将が威厳を取りもどした声で急いでくちばしをはさんだ。「ちょっと待て、ブラック、今回の事件は明らかに機密事項だぞ」

「実際問題として」とシュロスがだしぬけに言った。「きみの理論はまだチェックされておらん。関係者を船に送って調べさせよう。ロボットのせいではないかもしれん」

「まあ、せいぜい、ぼくと同じ発見をするようにしてくださいよ。世間が利害関係者の言うことを信じるとは思えませんからねえ。それにもうひとつ言っておきたいことがあるんです」第三弾を用意した。「いま現在をもって、ぼくはこのプロジェクトから手を引きたいと思います。辞職します」

「なぜ？」とスーザン・キャルヴィンが訊いた。

「なぜなら、あなたがおっしゃったようにぼくは伝道者だから」ブラックは微笑した。「ぼくには使命がある。ロボット時代はいまや、人間の生命がロボットの生命より軽んぜられる時点に到達したという事実を地球の人間に知らせる使命があるんです。ロボットは非常に高価なものだから、ロボットのかわりに人間に危険にとびこめと命令することができる時代になった。地球の人間はこの事実を知らねばならない。大勢の人たちがロボットに対する反対意見をもっている。ぼくが事実を明らかにすれば、USロボットは地球でのロボット使用の法的許可を得ることができないでいる。ぼくが事実を明らかにすれば、この問題にもけりがつくでしょう、キャルヴィン博士。今日一日の仕事であなたもあなたの会社もあなたがたのロボットたちも太陽系から抹殺されるでしょうね」

自分が彼女に事前の通告をしているということはブラックにもわかった。彼女にあらかじめ武装させることになってしまうが、この場面を省略するわけにはいかない。彼はパーセク号へ向かったときから、まさにこの瞬間のために生きてきたのだ——やめるわけにはいかない。

キャルヴィンの灰色の目にきらりとうかんだ光と頬にさしたかすかな赤味を、彼は小気味よさそうに眺めた。さあ、どんなお気持です、マダム科学者？　と彼は心の中でつぶやいた。

カルナーが言った。「きみは辞職することは許されん、ブラック、それにまた――」

「ぼくを引き止められますか、少将？ ぼくは英雄ですよ、聞いていないんですか？ そして母なる地球は英雄をもてはやす。いつだってそうだ。彼らはぼくの話を聞きたがるだろうし、ぼくの言うことならなんでも信じるでしょう。ぼくがもし拘束されたりしたら、少なくともぼくが、なりたてのほやほやの英雄であるあいだは彼らはいきりたちますよ。ぼくはもう《インタープラネタリ・プレス》のロンソンと話をつけてあるんです、特ダネを提供すると、政府の高官や科学畑の指導者をビロードの椅子から転がりおとすような特ダネだと言っちまったんです。だから《インタープラネタリ》は行列の先頭に立ってぼくの話を待ってますよ。ぼくを射殺でもしないかぎりお手上げでしょう？ そんなことをしたら事態はますます悪化するだろうけど」

ブラックの復讐は完璧だった。彼は一言も無駄な言葉は費さなかった。思うさまぶちまけてやった。彼は立ちあがり、出ていこうとした。

「ちょっと、ブラック博士」とスーザン・キャルヴィンが言った。その低い声には侵しがたい威厳があった。

ブラックは先生に呼びとめられた生徒のようにしぶしぶ振りかえったが、その不本意な振舞いを嘲笑をもってつぐなった。「なにか説明なさることでも？」と彼は言った。

「いいえ」と彼女はしかつめらしく言った。「あなたがかわりに説明してくださいましたもの、たいへんお上手に。わたしがあなたを選んだのはあなたならわかると思ったからです、でも、もう少し早くわかると思いましたけれど。あなたにはこの前のときにお会いしましたね。あなたはロボットを嫌っていた、だから彼らに対して変な幻想をもっていない。あなたがこの任にあたる前にあなたの記録を拝見しましたが、あなたはこのロボット・ハイパー・スペース通過実験には不賛成を表明していた。あなたの上司はこの点であなたは不適格だと言いましたけれど、わたしはそれゆえにこそ、あなたをおいてはほかにいないと思ったんですよ」

「ぶしつけですみませんが、なんのことを言っているんですか、博士？」

「今回の任務はロボットにまかせるわけにはいかない理由があなたならわかるはずだという事実。あなたご自分で、さっきなんとおっしゃった？　ロボットの不完全さは人間の創意と知性で補わなければならないと言いましたね。まさにそのとおりなの、あなた、そのとおりなんです。ロボットには創意工夫の才はない。彼らの頭脳の働きは限られているし、最後の小数まで数学的に解明しうるものです。それが、じっさいわたしの仕事なんです。

さて、ロボットは命令を、正確な命令をあたえられればそれに従います。命令が正確でない場合、彼は自分自身の過ちもさらに命令がなければ訂正することができない。あの船のロボットに関するあなたの報告はそういうことでしょう？　ところがわれわれ自身も事故の原因について皆目見当がつかず正確な命令があたえられないというのに、その原因を探させるためにロボットを送ることができますか？　〝どこが工合が悪いのか突きとめよ〟というような命令はロボットにはあたえられません。人間にのみあたえうるものです。人間の頭脳は少なくともその程度には複雑ですからね」

ブラックはふいに腰をおろし、うろたえたように心理学者を見つめた。彼女の言葉は、感情によって曇らされていた理性の基盤をはげしくゆさぶった。彼は論駁することができなかった。それどころか敗北感がひしひしと押しよせた。

「出発の前に話してくれればよかったのに」と彼は言った。

「そうすればよかったかもしれないわね」とキャルヴィン博士はうなずいた。「でも正気を失うかもしれないというあなたの本能的な恐怖に気づいたんです。そのような抗しがたい恐怖は、調査者としての有能さをまま損うもの、そこで思いついたのは、ロボットのほうが大事だからあなたをこの任務につかせるのだというふうにあなたに思いこませておこうということだったの。そうすればあなたは怒るでしょう、怒りというものはね、ブラック博士、ときにはとても有用な感情なんですよ。少なくとも怒っている人間は恐れを知りません。この思いつきはうまくあたったと思いますけれど」彼女は両手をゆったりと膝の上で組んだ、生まれてはじめてとも言えるような微笑らしいものがその顔にうかんだ。

「まいったな」とブラックは言った。

「それではわたしの忠告を入れてお仕事に戻りなさい、英雄としての地位を受け入れて、お友だちの記者の方には、あなたの勇敢な行為をことこまかに話してあげなさい。約束どおり特ダネにしてあげましょう」

ブラックはしぶしぶとうなずいた。

シュロスはほっとしたような顔をした。カルナーは歯をむきだして笑った。二人の男は手をさしだした。二人ともスーザン・キャルヴィンが喋っているあいだ一言も口をさしはさまなかったけれども、いまもまたなにも言わなかった。

ブラックは彼らの手を取っておずおずと握手した。「公けにすべきはあなたの功績です、キャルヴィン博士」と彼は言った。

スーザン・キャルヴィンはひややかに言った。「ばかなことをお言いでないわ、あなた。これがわたしの仕事です」

「レニイ」（インフィニティ・サイエンス・フィクションの一九五八年一月号に発表）は異例の状況のもとで書かれている。わたしは休暇で外に出かけるのはいやだとどんなに駄々をこねようが、ときどきむりやり引っぱりだされてしまう。甘くやさしい声の持主であるにしてはなんとも威丈高なわたしの妻は、休暇旅行など、タイプライターがそばにないと落ちつかないし神経にさわるというわたしの説明などまったく耳に入らない。

妻は静かに言ったものだ。「タイプライターをもっていらっしゃい」

そこでわたしは言われるとおりにした。そして毎朝二時間、それをリゾート・ホテルの芝生にもちだし（妻は甘くやさしい声で太陽と新鮮な空気のすばらしい効能を説いた――嗚呼！）、がたがたするテーブルの上に置き、原稿用紙の山に石をのせて仕事をした。

のっけからわたしがなにをしているのか知りたがる連中の邪魔が入った。わたしの説明でわたしが仕事をしていることがわかると、彼らは露骨な敵意を示した。わたしがすばらしいアメリカの休日を侵害しようとしている過激派だという噂がぱっとひろまった。

とにかくわたしは書きあげた、そして帰宅したときわたしの愛する屋根裏部屋がこれほどすばらしく見えたことはなかった。とはいえすぐに仕事にとりかかるわけにはいかなかった。まず四方の壁に接吻しなければならなかったから。

レニイ

Lenny

　USロボット&機械人間株式会社にはひとつの悩みがあった。その悩みとは人員である。数学の主任研究員ピーター・ボガートは会議へおもむくとちゅう、研究所長のアルフレッド・ラニングに出会った。ラニングはいかつい白眉をひそめ、手すりごしにコンピュータールームを見おろしていた。

　バルコニイの下には年齢もまちまちの男女の群れが、ものめずらしそうにあたりを見まわしており、そのそばでガイドがコンピューターによるロボット設計についてひとくさり述べている。

「みなさんの前にあるこのコンピューターは」とガイドが言う。「この型では世界最大のものでございます。五百三十万のクライオトロンを内蔵し、一万箇以上の変数を同時に扱う能力があります。この機械の助けを借りまして、USロボット社は新型ロボットの陽電子頭脳を精密に設計することができるんですね。

必要条件は、このキーボードによってテープに打ちこまれます——このキーボードは非常に複雑なタイプライターないしはライノタイプのようなものですけれども、打ちこむものは文章ではなく種々の概念ですね。まとまった文章は記号で表わされた論理的同義物に分解され、それからパンチカードのパターンに変換されます。

コンピューターは一時間たらずで、ロボットを作るために必要なあらゆる陽電子回路をもつ頭脳の設計を、わが社の科学者たちに提示できるのでありまして……」

アルフレッド・ラニングはようやく顔をあげ、かたわらの人間に気づいた。「ああ、ピーターか」と彼は言った。

ボガートはすでにぺったりと撫でつけられているつやつやした黒い髪を両手でていねいに撫でつけた。「気乗りのしないお顔ですな、アルフレッド」

ラニングはうなり声を発した。USロボット社の一般見学コースのプランは比較的最近にはじまったもので一石二鳥の効果を狙っていた。ひとつには一般の人々にロボットをまぢかに見せて親近感を高めさせ、機械に対する本能的な恐怖を取りのぞこうというのである。もうひとつの狙いは、少なくとも、たまたま来あわせた人間がロボット工学をライフワークにしようという気になればいいということだった。

「気乗りのしないのは知ってのとおりだ」とラニングはようやく口を開いた。「週に一度仕事の邪魔をされる。労働時間の損失に対して見返りが不足だよ」

「じゃあ志願者はまだぜんぜん？」

「いや何人かあったがね、みんなそれほど必要にせまられていない部門ばかりでね。必要なのは研究員なんだ。知ってのとおり。問題はロボットの使用が地球上で禁止されていることでね、だからロボット工学は人気がないんだよ」

「忌々しいフランケンシュタイン・コンプレックス」とボガートは相手の口ぐせを真似て言った。

ラニングはこのやんわりした皮肉に気づかなかった。彼は言った。「わたしもいいかげんにそいつに慣れるべきなんだが、ま、永久にだめだろう。地球の住民ならもう三原則が完全な安全装置になっているぐらいはわかってもよさそうなものだ。ロボットが少しも危険ではないということぐらい。あれがいい例だ」彼は苦りきった顔で下を見おろした。「あの連中を見たまえ。大半はローラーコースターに乗るような気分で恐怖のスリルを味わおうとロボット組立て室へ入っていくんだ。それで連中がMECモデルのいる部屋に入っていくと――いやになるよ、ピーター、MECときたらこの緑の地球上でたったこれきりのことしかしないんだよ。二歩前に出て、それから〝はじめまして、どうぞよろしく〟と言って握手をして、また二歩さがる――すると見学の連中は後じさりするし、母親は子供を抱きあげる。こんな阿呆どもから頭脳労働力を得ようなんて期待できるものかね？」

ボガートは答えられなかった。彼らはもう一度見学者の列を見おろした。見学者の一行はコンピュータールームから陽電子頭脳組立て室へ入っていくところだった。そこで二人はその場をはなれた。後日判明したことだが、そのとき彼らは、十六歳になるモーティマー・W・ジェイコブソンの存在に気づかなかった——少年は、まったく公平に見ても、USロボット社に対し危害を加える意図は毛頭なかった。

じっさいモーティマーの罪とはとうてい言えない。見学者のある日は全従業員に知らされる。見学コースに含まれるあらゆる装置は細心の注意をもってニュートラルにするか、あるいはロックすべきはずだった。どんな人間でもノブやキーやハンドルや押しボタンなどをいじりたいという誘惑にうちかてると期待するのは無理だからである。そのうえガイドは、誘惑に屈する者がいないかどうかたえず監視しているはずだった。

だがそのとき運悪くガイドは次の部屋へ入っていき、モーティマーは行列のしんがりにいた。モーティマー少年は、命令をコンピューターに供給するキーボードの前を通りかかった。彼は新型ロボットの設計プランがその瞬間に供給されつつあるとは夢想だにしなかった、さもなければ彼はいい子だったからキーボードに手を触れたりはしなかったであろう。言語道断ともいうべき怠慢によって、担当の技師がそのキーボードをニュートラルにしておかなかったことを彼は知るよしもなかった。

そこでモーティマーは楽器でも弾くつもりでキーボードをでたらめに叩いたのだ。パンチされたテープがその部屋にある別の機械から——音もなくするすると——伸びていくのに彼は気づかなかった。

また技師も席に戻ってきたとき、キーボードがいじられた形跡を発見しなかった。キーボードのスイッチが入っていることに気づいてかすかな不安をおぼえたが、あえてチェックしようとはしなかった。数分後にはかすかな不安も失せ、データを供給する作業を続けたのだった。

モーティマーはそのときはむろん、後になっても自分がなにをしたのか知るよしもなかった。

新しく開発されたLNE型は小惑星帯でホウ素を採取するために設計されたものだ。水素化ホウ素は宇宙船のもっとも強力な動力源とされるプロトン・マイクロパイルの点火剤として年々需要を増しているのだが、地球の乏しい資源は底をつきかけていた。

つまり構造上からいえばLNE型は、ホウ素鉱石のスペクトル分析のさいにはっきりとあらわれるあのスペクトル線に敏感な目と原石を精錬する作業に最適な四肢を具《そな》えていなければならない。だが例によって、頭脳構造が主たる問題であった。

LNE陽電子頭脳第一号はいましも完成したところである。これは原型であり、USロボットのあらゆる原型のコレクションに加えられるものだ。最終的なテストがすめば量産され鉱業会社ヘリース(決して売られることはない)される。

LNE原型は完成した。長身ですらりとしたぴかぴか輝く体で、外見上は非特殊化ロボット・モデルと変わらない。

担当の技師はロボット工学ハンドブックに示されているテスト法に従ってこう言った。

「元気かね?」

ハンドブックに示されている答えは、「元気です、わたしの機能を始動する準備はできています。あなたも元気ですか」とか、あるいはこれに類似のものだ。

最初に交わされるこの会話は、ロボットに聞く能力があり、定型的な質問を理解する能力があり、人間の期待するロボットらしい行動に適合した定型的な返答をすることができるという事実を確認する以外の目的はなかった。これを手はじめとしてロボット工学三原則と特殊モデルの専門知識との相互作用をテストする、さらに複雑なやりとりが行なわれるのである。

そこで技師は「元気かね?」と言った。だがLNE型の声音を聞いたとたんに仰天した。これまでに聞いたロボットの声(彼は数多く聞いている)とは似ても似つかぬ音質だった。それは低く神々《こうごう》しい音をだすオルガンの響きに似ていた。

技師はあまりびっくりしたので、後刻思いかえしてみるに、その神々しい調べからなる音節を聞きとるまでに数秒を要したらしい。

それは、「ダア、ダア、ダア、グー」と言うのだった。

ロボットは直立してはいるが、右手が上を向き、人さし指が口の中へ入っていた。

技師は恐怖のあまり目をむきだし、脱兎のごとく逃げだした。彼はドアに錠をおろし、別の部屋からスーザン・キャルヴィン博士に非常電話をかけた。

スーザン・キャルヴィン博士はUSロボット社の（そして文字どおり人類の）中のただ一人のロボ心理学者である。彼女はLNEをちょっとテストしただけで、きわめて威圧的な態度で陽電子頭脳回路のコンピューターによる設計図のコピイと、それらに指示をあたえた指示テープとを要求した。それをしばらく調べた後、こんどはボガートを呼びにやった。

彼女の鉄色の髪はきゅっとうしろに引っつめられている。血の気のないうすい唇が真一文字に結ばれて深い縦皺を刻んだひややかな顔がきっと彼のほうを向いた。

「これはなんです、ボガート？」

ボガートは彼女の指さした箇所を検討しているうちに啞然とした表情になった。「驚いたな、スーザン、さっぱりわけがわからん」

「支離滅裂ですよ。どうしてこんなものが指示テープにまぎれこんだんでしょうね？」

呼びつけられた担当技師は、これは自分のしたことではないし、またこうなった原因もさっぱりわからないと断言した。コンピューターの欠陥テストでも欠陥は見つからなかった。

「この陽電子頭脳は」とスーザン・キャルヴィンは考えこむように、「救いようがないわ。高度な機能の大部分が、ばかげた指示によって除去されてしまって、その結果、人間の赤ん坊同然になってしまったんですからね」

ボガートが驚いた顔をすると、スーザン・キャルヴィンはたちまち冷淡な態度をとった、自分の言葉に対していささかでも懸念を示されたり仄めかされたりすると、いつもこうした態度をとるのだ。彼女は言った。「われわれはロボットの知能をできるかぎり人間に近いものにするように努力をはらっているんですよ。われわれが成人の機能と呼ぶものを排除してしまえば、その結果残るのはとうぜん人間の幼児です、知能的には。なぜそんな驚いたような顔をするの、ピーター？」

ＬＮＥ型はかたわらで起こっている出来事を理解するけはいはなく、ふいにしゃがみこんで自分の足を一心にいじりはじめた。

ボガートはそれをまじまじと見つめた。「こいつをとりこわすのは残念だな。なかなかよくできているのに」

「とりこわす？」ロボ心理学者は語気を強めた。

「もちろんだろう、スーザン。こんなものがなんの役に立つ？　いいかね、この世におよそ無益なものがあるとしたら、それは仕事のできないロボットじゃないかな。こいつにできる仕事があるとはまさかおっしゃいますまいな、え？」

「ええ、言いませんとも」

「じゃあ、どうする？」

スーザン・キャルヴィンは頑として言った。「もっとテストしてみたいわね」

ボガートはその目にちらりといらだちをうかべて彼女を見、そして肩をすくめた。USロボットの社内に論駁しても無駄な人間がいるとしたら、それはまちがいなくスーザン・キャルヴィンだった。ロボットは彼女の愛するすべてであり、ロボットとの永年の結びつきは、彼女から人間らしさを奪いとってしまったように思われた。彼女を説いて、いったん決めたことをやめさせるのは、引き金を引かれたマイクロパイルを説得して引き止めるようなものだ。

「なんの役に立つ？」と彼は小声で言い、それからあわてて大声で、「テストがすんだら知らせてくれないか？」と言った。

「ええ」と彼女は言った。「おいで、レニイ」

（LNEか、とボガートは思った。それはレニイになる。とうぜん）

スーザン・キャルヴィンは手をさしだしたけれども、ロボットはそれをぼんやりと見つめているばかりだ。ロボ心理学者はやさしくその手をとった。レニィはよどみなく立ちあがった（少なくとも機械の調整はうまくいっているようだ）。二人は並んで歩きだしたが、背丈はロボットのほうが二フィートも高い。長い廊下を歩いていく二人をたくさんの好奇の目が見送った。

私室とドアでつながっている彼女の研究室の壁は、陽電子回路のチャートの精密な拡大図でおおわれていた。スーザン・キャルヴィンはほとんど一月のあいだ、その拡大チャートに没頭していた。

彼女はいま、あちこちを歪められたために働きの鈍った回路を入念にたどりながら考えこんでいる。その後ろでレニィが床にすわりこみ、両足をはなしたり合わせたりして、わけのわからない音節を、思わずうっとりと聞きほれてしまうような美しい声でつぶやいている。

スーザン・キャルヴィンはロボットを振りかえり、「レニィ――レニィ」と呼んだ。

辛抱強く何度もくりかえすうちに、レニィはようやく顔をあげて物問いたげな声をあげた。ロボ心理学者は思わず、ちらりと顔に喜色をうかべた。ロボットが注意を向ける間隔がしだいに短くなる。

彼女はさらに言った。「手をあげなさい、レニィ。手を――あげる。手を――あげる」

レニイはその動作を目で追った。あげる、さげる、あげる、さげる。それから自分の手でたどたどしく同じしぐさをし、「エー、ウー」と涼やかな声をひびかせる。

「とてもよくできました、レニイ」とスーザン・キャルヴィンは重々しく言った。「もう一度やってごらん。手を――あげる」

彼女はそれはやさしくロボットの手をとると、あげて、おろした。「手を――あげる。手を――あげる」

オフィスのほうで、「スーザン？」と言う声がした。

キャルヴィンは唇をきゅっと結んで手を止めた。「なんです、アルフレッド？」

研究所長は入ってきて壁の図を見、ロボットを見た。「まだそんなことを？」

「仕事をしているんです、ええ」

「しかしだね、スーザン……」彼は葉巻を取りだしてじっと見つめ、先を嚙みきろうとした。そこで、相手の婦人のとがめるような視線にぶつかった。彼は葉巻をしまうと言葉をついだ。「だがね、スーザン、あんたも知っていると思うが、ＬＮＥ型はすでに量産の段階に入っている」

「そう聞いています。それと、あなたがわたしにしてほしいと思っていることとなにか関係があるんですか？」

「いいや。しかしだな、あいつが生産され、うまくいっているというのに、この出来そこないの標本にかかずらっているのは時間の無駄じゃないかね。こいつはスクラップにすべきじゃないかな？」

「要するに、アルフレッド、あなたは、わたしが非常に貴重な時間を浪費しているのが気にくわないんですね。それなら安心なさって。わたしの時間は無駄には使われていません。わたしはこのロボットを相手に研究をしていますから」

「しかしそんな研究は無意味だ」

「その判断はわたしがいたします、アルフレッド」その声は不気味なほど静かだったので、ラニングはいちはやく鋒先を転じるのが賢明と判断した。

「その研究にどんな意味があるのか教えてもらいたい。たとえば、いまなにをしている？」

「命令の言葉に従って腕をあげさせる訓練をしています。言葉の音を真似させる訓練もしています」

レニイはきっかけをあたえられたかのように、「エー、ウー」と言いながら手をぎくしゃくとあげた。

ラニングはかぶりを振りながら、「あの声は驚くべきものだ。どうしてあんな声になったんだろう？」

「わたしにもよくわかりません。トランスミッターは正常なんです。ふつうに喋ることはできるはずです。でも喋らない、こんなふうに喋るのはおそらく陽電子回路のどこかがおかしくなった結果だと思いますが、まだ突きとめることができません」

「では頼むから突きとめてくれたまえ。こういう話し方をするやつはなにかの役に立つかもしれん」

「ああ、するとレニィに関するわたしの研究もなにかの役に立つとお思いなんですね」

ラニングは当惑げに肩をすくめた。「あ、まあ、つまらぬことだがね」

「大事なことがおわかりにならないのは残念です」とスーザン・キャルヴィンはつっけんどんに言った。「そのほうがよほど重大なのに。でもそれはわたしのせいじゃありません。お引き取りいただけませんか、アルフレッド、そしてわたしに仕事の続きをさせてくださいませんか？」

ラニングはボガートの研究室でようやく葉巻にありつけた。苦々しげに彼は言った。

「女史は日ましにおかしくなっていくな」

だれのことかボガートにはすぐわかった。「USロボット&機械人間株式会社には女史はひとりしかいない。「あの疑似ロボット――あのレニィちゃんをまだいじくりまわしているんですか？」

「喋らせようというんだから、ほんとの話」

ボガートは肩をすくめた。「会社の直面している問題ですな。つまり資格のある研究員の雇用確保の問題ですよ。もしほかにロボ心理学者がいればスーザンを退職させられますよ。たしか明日に予定されている重役会は人材確保の問題を検討するのが目的だったでしょう？」

ラニングはうなずき、いかにもまずそうに葉巻を見やった。「そうだ。だが質だよ、量ではなく。給料を釣りあげたら志願者は着実に供給されるようになった——だが彼らの関心は主として金だ。問題はまずロボット工学に興味のある人材を獲得することだ——スーザン・キャルヴィンのような人間がまだまだ必要だ」

「とんでもありませんよ。あんなのは願いさげだ」

「まあ、彼女のような人物というわけじゃない。だがロボットに打ちこんでいる熱意は認めにゃなるまいよ、ピーター。彼女にはあれ以外に人生の愉しみがないのだから」

「ええ。そこが耐えがたいところでしてね」

ラニングはうなずいた。スーザン・キャルヴィンを解雇したらさぞせいせいするだろうと思ったことは数えきれないほどある。だが、彼女が何百万ドルという出費を会社のために省いてやった例も枚挙にいとまがないのだ。彼女は真に欠くべからざる人物であり、それは彼女が死ぬまで変わらないだろう——あるいは、ロボット工学に興味をもち、彼女と同程度の高いレベルの人材を獲得するという問題を解決するまでは。

ラニングは言った。「見学コースは減らしたほうがいいと思うがね」

ピーターは肩をすくめた。「そうおっしゃるなら。しかし真面目な話、スーザンはどうします？　ほっときゃいつまでもレニィに夢中になっていますよ。興味のある問題にぶつかったときの彼女はご存じでしょう」

「われわれになにができる？」とラニングは言った。「もしむりやりやめさせようとすれば、女性の意地でますますしがみつくだろう。要するに無理強いは不可能さ」

黒い髪の数学者は微笑した。「ぼくは彼女のどの部分にも〝女性の〟という形容詞をくっつける気にはなれないな」

「いや、まあね」とラニングはむっつりと言った。「少なくともなんの害もないわけだし」

その点については、明らかに彼は誤っていた。

非常警報は大規模な工場では例外なく切迫した緊張状態をもたらすものだ。こうした警報はUSロボット社の史上においても何十回となく鳴りひびいた――火事、洪水、暴動、反乱などのたびに。

だがある事態だけは決して起こらなかった。〈ロボット暴れる〉という意味の特殊な警報はいまだかつて鳴ったことがなかった。だれもそれが鳴ると思うものはなかった。政府の要請でとりつけられたにすぎない（しようのないフランケンシュタイン・コンプレックスだ、とラニングはたまに思いだすたびにつぶやいたものだ）。ところがついにけたたましいサイレンが十秒間隔で鳴りひびいたのだ。上は社長から下はごく新米の守衛補にいたるまで、だれひとりとしてその異様なひびきの意味を即座に悟った者はいなかった。しばらくして、武装した警備隊と救護隊が指示された危険区域になだれこみ、USロボットの機能は事実上麻痺状態におちいった。

コンピューター技師のチャールズ・ランドウが骨折した腕をかかえ医務室へ運ばれた。その他の被害はなかった。肉体的な被害は。

「だが精神的な被害ははかりしれん」とラニングはわめいた。

彼と向かいあっていたスーザン・キャルヴィンは不気味なほど冷静だった。「レニィにはなにもしないように。なにもです。おわかりですか？」

「おわかりかね、スーザン？　あれは人間に危害を加えたのだ。第一条を破ったのだ。きみは第一条を知らんのか？」

「レニィにはなにもしないように」

「いいかね、スーザン、きみに第一条を教えにゃならんのかね？　ロボットは人間に危害を加えてはならない。また、その危険を看過することによって、人間に危害を及ぼしてはならない。われわれの立場はひとえに、第一条が、あらゆるタイプのあらゆるロボットによって厳しく遵守されているという事実にかかっているのだ。例外があるという噂が世間の耳に入ったら、必ず入るにきまっているのだから、いくら唯一の例外だといったって、わが社は営業停止処分になるかもしれないのだ。それを免れる唯一のチャンスは、問題のロボットは処分したと即時公表して、その間《かん》の事情を説明して、こんなことは二度と起こらないと世間が納得してくれるよう願うばかりだ」

「わたしは正確になにが起こったのか知りたいのです」とスーザン・キャルヴィンは言った。「わたしは現場に居合わせなかったので、ランドゥ青年がわたしの研究室に無断で入ってなにをしていたのか知りたいのです」

「由々しいことが起こったのは明らかだ。あんたのロボットがランドウをなぐり、あの馬鹿野郎が〈ロボット暴れる〉の警報ボタンを押して騒ぎを引き起こした。とにかくあんたのロボットが彼をなぐって腕を折るような怪我をさせた。はっきりしているのは、あんたのレニイは出来そこないで第一条を欠いているから処分すべきだということだよ」

「第一条はちゃんとそなわっています。わたしは頭脳回路を調べました。あれが第一条を欠いていないことはわかっています」

「ではなぜ人間をなぐることができたのかね？」絶望が彼に嫌味を言わせた。「レニイにきいてみたまえ。喋れるように仕込んだんだろうから」

スーザン・キャルヴィンの頬にさっと血がのぼった。「被害者に会いたいのですが。それからわたしの留守中レニィはわたしの研究室に入れて厳重に鍵をかけておいてもらいます、アルフレッド。だれも彼に近づいてもらいたくないんです。留守のあいだに彼に危害が及ぶようなことがあれば、社はこの先、いかようなことがあろうとも二度とわたしの顔を見ることはないでしょう」

「あれが第一条を破っていることが判明したら処分に同意してもらえるだろうか？」

「ええ」とスーザン・キャルヴィンは言った。「破っていないことは知っていますから」

チャールズ・ランドウは腕にギプスをはめて寝ていた。ロボットが陽電子の心に殺意をいだいておそいかかってくると思ったあの束の間の恐怖のショックがいまも彼をまいらせていた。ロボットに直接危害を加えられるという恐怖を味わったことのある人間は皆無だった。彼がいまさっき経験するまでは。彼はまたとない体験をしたわけだ。

スーザン・キャルヴィンとアルフレッド・ラニングが彼のベッドのわきに立っていた。とちゅうでばったり出会ったピーター・ボガートもいっしょだった。医者と看護婦は追いはらわれた。

スーザン・キャルヴィンは言った。「さて——なにがあったの？」

ランドウはおびえていた。彼はつぶやくように言った。「あれがぼくの腕をなぐったんです。ぼくに襲いかかってきたんです」

「話を前に戻しましょう。あなたはわたしの研究室に無断で入ってなにをしていたの？」

若いコンピューター技師はごくりと唾をのんだ。細い喉仏がひょこりと動くのが見えた。頬骨の高い顔は異常に青い。彼は言った。「あなたのロボットのことはみんな知っています。あれに楽器みたいな喋り方を教えているという噂です。それでほんとうに喋るのかどうかという賭けをしたんです。あるものは言いました——ええ——あなたなら門柱にだって喋り方を教えられると」

「それはつまり」とスーザン・キャルヴィンはひややかに言った。「お世辞なんでしょうね。それがあなたとなんの関係があったの？」

「ぼくはあそこへ行って決着をつけることになりました——あれが喋るかどうか確かめようではないかと。われわれはあなたの部屋の鍵を盗み、あなたが出かけるのを待ってしのびこみました。ぼくたち、くじびきできめたんです。ぼくがあたったって」

「それで？」

「あれに喋らせようとしたら、あれがなぐったんです」

「喋らせようとしたとはどういう意味？　どういうふうにしたの？」

「ぼく——あれに質問したんですが、あれはなにも言わないもんだから、きっかけをあたえてやらなきゃと思って、つまり、その——あれをどなりつけて」

「それから？」

長い間があった。スーザン・キャルヴィンの厳しい凝視にあってランドウはようやく口を開いた。

「あれを脅して喋らせようとしたんです」彼は弁解がましくつけくわえた。「とにかくあれにきっかけをあたえてやらなきゃと思って」

「どうやって脅かしたの？」

「あれにパンチをかませるふりをしたんです」

「そうしたら、あれはあなたの腕をはらいのけた？」

「ぼくの腕をなぐりつけたんです」

「けっこう。もういいわ」それからラニングとボガートに向かって、「行きましょう、みなさん」と言った。

ドアのところで彼女はランドウを振りかえった。「その賭けとやらにけりをつけてあげるわ、もしまだ興味があるのなら。レニイは少しだけれどちゃんと言葉を喋ることができますよ」

一行はスーザン・キャルヴィンのオフィスへ戻るまで無言だった。オフィスの壁には書物が整然と並んでいるが、その中の何冊かは彼女自身の著書である。部屋は彼女自身の厳しく慎重に律せられた人格を反映して古色蒼然としていた。椅子はひとつしかなく、彼女がそれに腰をおろした。ラニングとボガートは立ったままだった。

彼女は言った。「レニイは自衛したにすぎません。第三条、ロボットは自己をまもらなければならない」

「ただし」とラニングは語気を強めた。「第一条および第二条に反するおそれのないかぎり。全文を言ってくれたまえ！　レニイはいかにわずかであろうと人間に危害を及ぼしてまで自己をまもる権利はないのだ」

「知りながらわざとやったんではありませんよ」とキャルヴィンは応酬した。「レニイの頭脳は不完全なものです。自分の力とか人間の弱さとか知りようもないんです。人間の振りあげた腕をはらえばその腕が折れるなどということは知るはずがありません。人間流にいえば、善悪を弁別する能力のないものに、不道徳の非難を浴びせることはできませんよ」

ボガートがなだめ役をかってでた。「ねえ、スーザン、われわれは非難しているんじゃない。レニイが人間流にいえば赤児《あかご》に等しい存在だということはわかっている、それを非難するつもりはない。だが世間は非難するだろう。USロボットはおしまいだ」

「とんでもない。もしあなたに蚤《のみ》の脳味噌でもいいから脳味噌があったら、これこそUSロボットが待ち望んでいたチャンスだということがわかるはずですけれどね、ピーター。これがあの問題を解決してくれることが」

ラニングは白い眉を八の字にした。そして穏やかに訊ねた。「なんの問題かね、スーザン？」

「会社は現在――ああ、お助けを――優秀な研究員を獲得しようとやっきになっているんじゃありませんか？」

「たしかに」

「で、未来の研究員たちになにを提供するおつもりです？　興奮？　新奇さ？　未知のものを探求するスリル？　いいえ！　あなたがたが彼らに提供するのは、給料となんのトラブルもないという保証です」

ボガートが言った。「トラブルがないとはどういう意味かね？」

「トラブルがありますか？」とキャルヴィンが切り返した。「われわれはどんな種類のロボットを生産しているでしょうか？　それぞれの仕事に適応した完全なロボットですよ。企業はそれぞれに必要とするものをわれわれに教えてくれる、コンピューターが頭脳を設計する、機械がロボットを組みたてる、そうしてほら、目の前にすっかり出来あがったものがある。ピーター、あなたこの前、レニイがなんの役に立つかとおっしゃったわね。どんな仕事もできないようなロボットがなんの役に立つかと？　ではこんどはこちらからお尋ねするわ――たったひとつの仕事しかできないロボットがなんの役に立ちますか？　同じ場所で一生を終わるんです。LNE型はホウ素を採取する。ベリリウムが必要になれば彼らは無用の長物ですよ。ホウ素の生産技術が新しい局面に入れば彼らは無用の長物になる。そんなふうに設計された人間があるとしたらそれは亜人間です。そんなふうに設計されたロボットは亜ロボットですよ」

「つまり多目的ロボットがほしいと？」とラニングは怪訝そうに訊いた。

「いけません？」とロボ心理学者は言った。「なぜいけませんか？　わたしは完全に無能といっていい頭脳をもったロボットをあたえられた。わたしはそれに教えている。そしてアルフレッド、あなたはそれがなんの役に立つかとお尋ねになった。レニイそのものはほとんど役には立たないでしょう、人間でいえば五歳程度の知能しかないでしょうから。でもほかに使い道がないでしょうか？　おおいにあります、ロボットの教育法という抽象的な問題の研究題目としてあれを考えると。わたしは新しい回路を作るために隣接の回路を短絡する方法を学びました。この研究を推《お》し進めれば、さらによいものができるでしょうし、より緻密なより効率のよい技術が生まれるだろうと思いますよ」

「それで？」

「すべての基本的な回路は作られていて、二次回路はまったく作られていない陽電子頭脳をまず作る。それからあなたがたが二次回路を作るとしたら。教育を目的として設計された原型ロボットが売れるじゃありませんか。ある仕事を教えこみ、そしてまた別の仕事を教えこめるロボットが人間のようにさまざまな用途に使えるようになる。ロボットが学べるようになるんです！」

二人の男はいらだたしそうに言った。「まだおわかりにならないんですか？」

「きみの言っていることはわかる」とラニングは言った。

「まったく新しい研究分野、まったく新しい技術の開発、まったく未知の分野の開拓などがうたわれれば、若い人たちもロボット工学をやってみようという新しい意欲に燃えるんじゃないですか？　とにかくやってみることですよ」

「ぼくに言わせてもらえば」とボガートがよどみなく言った。「それは危険だな。最初にレニイのような無知なロボットを相手にするんじゃ、第一条を信頼するわけにはいかないから——レニイのケースでもはっきりわかるように」

「おっしゃるとおり。事実を宣伝なさい」

「宣伝しろだと！」

「そうですとも。その危険を吹聴する。新しい研究機関を月に設立すると説明なさい、もし地球上の人間が、そういうものは地球上では許可しないというなら。しかし志願者にはあくまでも危険を強調するんです」

「いったいどうして？」とラニングが訊いた。

「なぜなら危険という薬味は人間を魅惑しますから。原子力工学には危険がつきまとわないとお思いですか、時空飛行には危険はつきまとわないとお思いですか？　ロボット工学はまったく安全だというういたい文句がこれまで効き目があったでしょうか？　あなたがたが忌み嫌っているフランケンシュタイン・コンプレックスを満足させる助けになっただけでしょう？　それならほかの方法を試みたらどうですか、ほかの分野で成功した方法を」

キャルヴィンの個人研究室に通ずるドアの向こうで物音がした。チャイムのようなレニイの声だった。

ロボ心理学者はにわかに口をとざして耳をすませた。「ちょっと失礼、レニイが呼んでるらしいので」

「あんたを呼んでいると？」とラニングが言った。

「少しばかり言葉を教えこんだと申しあげたでしょう」彼女はドアに近づいた、いささか狼狽したように。「ちょっとお待ちになって――」

二人の男は彼女の後ろ姿を無言で見おくった。やおらラニングが言った。「彼女の言うことに一理あると思うかね、ピーター？」

「まあたぶん」とボガートは言った。「まあたぶんですな、アルフレッド。重役会にもちだして彼らがなんというか聞くだけの価値はありますね。どっちみちただではすまないでしょうから。ロボットが人間に危害を加えて、それが世間に知れわたったっちまったんですから。スーザンの言うとおり、この騒ぎを利用したほうが賢明かもしれませんな。もっともこういうことを言いだした彼女の動機なるものは信用してませんがね」

「と言うと？」

「たとえ彼女の言ったことがまったく真実であったにしてもですよ、彼女に関するかぎりそいつは理屈にすぎないんだ。こんなことを言いだしたのは、あのロボットを手元においておきたいがためですよ。彼女を問いつめれば」（といって数学者はその表現のとてつもない意味に気づいて苦笑した）「ロボットの教育法を学ぶためだというでしょうが、思うに彼女はレニイの別の用途を発見したらしい。全女性の中でスーザンだけに適した独特の用途ですな」

「きみが言っていることがわからんね」

「いまあのロボットがなんと呼んだか聞きませんでしたか？」

「いいや、さっぱり――」とラニングが言いかけたときふいにドアが開いたので二人の男は口をつぐんだ。

スーザン・キャルヴィンが入ってきて、そわそわとあたりを見まわした。「お二人とも見かけなかったかしら――たしかこのへんに置いておいたはずなんですけれど――ああ、あったわ」

彼女は書棚のひとつに駈けより奇妙なものをとりあげた。それは金属を網の目のように織りあげた鉄亜鈴状のもので、内部は空洞になっており、その中には、網の目からはこぼれおちない程度の大きさのさまざまな形の金属片が入っている。

彼女がそれを取りあげると中の金属片がぶつかりあって、からからと快い音をたてた。

赤ん坊のがらがらをロボット向きに作ったものだということにラニングは気づいた。

スーザン・キャルヴィンが境のドアを開けると中からレニイのかわいい声が聞こえた。

こんどはラニングにも、スーザン・キャルヴィンが教えこんだ言葉というのがはっきりと聞きとれた。

オルガンの神々しい響きに似た声でそれは言った。「マミイ、きてよ。きてよ、マミイ」

そしてスーザン・キャルヴィンの所有しえた、愛しえた唯一の赤児のもとへ小走りに駈けていく彼女の足音が聞こえた。

スーザン・キャルヴィンが登場するこのもっとも長い作品はギャラクシイの一九五七年十二月号に掲載された。じつを言えばすんでのところで書かずにおわるところだった。

ギャラクシイの編集長、ホレス・ゴールドが長距離電話をかけてきて短篇を一本書けという――いつも巧みな甘言で釣って、そしてこのわたしはそれにうまうまのせられてしまう。

だがそのときは書くことがまったく不可能であることを遺憾ながら告げねばならなかった。ある人との共著になる生化学の教科書の三版の校正に没頭していたのだ。

「だれかにゲラを読ませちゃどう？」と彼は言った。

「めっそうもない」わたしは道義的な怒りにもえて答えた。「他人に校正をまかせるなんてそんなことはできませんよ」

そしてわたしは電話を切りゲラを片手にお気に入りの屋根裏部屋へあがっていった

のだが、階段のいちばん下からいちばん上に行くあいだに、あるアイディアがうかんだ。わたしはゲラをわきにおしやってすぐさま書きだした。全速力で書き続け、数日後に「校正」は仕あがった。

スーザン・キャルヴィンの登場する話の中でこれはわたしの大好きな作品である。さしたる理由はない、ただ作者も、世間の人におとらず、不合理な好悪《こうお》の感情をもつものらしい。

校正

Galley Slave

本事件の被告であるUSロボット&機械人間株式会社は、事件の審理を陪審員抜きの非公開裁判にもっていくだけの影響力をもっていた。

またノースイースタン大学も、それをむりやり阻止する動きには出なかった。ロボットが犯した不法行為にからむ係争に対して、その不法行為なるものが、いかに精妙に行なわれたものであろうと、世論がどういう反応を示すか、大学の理事たちは十二分に承知していた。そしてまた彼らの脳裡にまざまざとうかぶのは、アンチ・ロボット暴動が突如としてアンチ・サイエンス暴動に変ずるかもしれないという危惧だった。

またこの場合ハーロウ・シェイン裁判長によって代表される政府も同様に事件の隠密裡の処理を切望していた。USロボット社も学界も敵にまわすにはまずい相手だった。

シェイン裁判長が言った。「報道関係者も傍聴人も陪審員も出席していないことから形式的な手続きは最小限にとどめ、ただちに審理の核心に入りたいと思います」

彼はそう言いながらこわばった笑いをうかべた、この要請がいれられるという期待も望みうすで、せめて居心地よくすわろうと法衣をかきよせた。顔はさえざえとした赤、顎はふっくらと丸く、鼻は大きく、間隔のとびはなれている目は明るい色だ。どう見ても司法官の尊厳とはほど遠い顔であり、判事もそれはわきまえていた。

バーナバス・H・グッドフェロウ、ノースイースタン大学の物理学教授がまず喚問され、好人物《グッドフェロウ》の名に背くような表情で型どおりの宣誓を行なった。

慣例の冒頭尋問の後、原告側代理人はポケットに深く手をつっこんで言った。「教授、ロボットEZ27号の雇用問題が最初にあなたの関心を引いたのはいつでしたか？　また前後の状況を話してください」

グッドフェロウ教授の骨ばった小さな顔は不安な表情をうかべたものの、前より和やかになったとはとうてい言えない。

彼は言った。「わたくしはUSロボット社の研究所長でありますアルフレッド・ラニング博士とは、職業上の接触があり、また親しい知己でもあります。それゆえ、彼からかなり奇妙な提案を受けましたときには、若干の寛容をもって耳をかたむけたのであります。あれは昨年の三月三日——」

「二〇三三年の？」

めた。

「お話を中断して申しわけありません。その先をどうぞ」

教授はひややかにうなずき、事実を確実に思いだすために顔をしかめ、やおら語りはじめた。

「そうです」

グッドフェロウ教授は不安な面持でそのロボットを見つめた。ロボットを地球上で輸送するさいの管理規定にしたがって、それはコンテナに入れられたまま地下の倉庫に運びこまれていた。

それが到着することはあらかじめ知っていた。不意をつかれたわけではなかった。三月三日、ラニング博士の最初の電話を受けた瞬間から、彼は相手の説得に屈服したのを感じ、そしていま不可避的な結果としてロボットと向かいあっている自分を発見したのである。

まぢかに立っているそれはとほうもなく大きく見えた。

アルフレッド・ラニングは鋭いまなこをロボットに注いだ。輸送中に損傷を受けなかったかどうか確かめるとでもいうように。それからその猛々しい眉と白髪のたてがみを教授のほうへ振りむけた。

「これがロボットEZ27号です、一般用に使えるモデルの第一号ですよ」彼はロボットをかえりみて、「こちらはグッドフェロウ教授だ、イージィ」

イージィの声は落ち着いたものだったが、教授がたじろぐような唐突な喋り方だった。

「ごきげんよう、教授」

イージィは身長七フィート、人間の標準的なプロポーションを具えている——それがUSロボット社のセールスポイントだった。それと陽電子頭脳の特許権のおかげで彼らは事実上ロボット市場を独占し、コンピューター市場についてはほぼ独占に近いシェアを誇っている。

ロボットをコンテナから出した二人の男は立ち去っていた。教授はラニングを見、ロボットを見、それからまたラニングに視線を移した。「危険はないんですな」と彼はおぼつかない声で言った。

「わたしより危険はありませんよ」とラニングが言った。「わたしなら唆《そそのか》されればあなたをなぐるかもしれない。イージィにはそれができないんですよ。ロボット工学三原則はご存じでしょう」

「ええそれはもう」とグッドフェロウは言った。

「これは脳の陽電子パターンに組みこまれていて絶対に遵守されねばならない。第一条、すなわちロボットという存在を支配するもっとも重要なこの原則は、すべての人間の生命と幸福を守ります」彼は口をつぐみ頰をなでたのちつけくわえた。「これはできうれば全地球の人々に納得してもらいたいことなんですがね」

「どことなく恐ろしそうに見える」

「そうでしょう。しかしどう見えようと、役に立つことはたしかですよ」

「どんな使い道があるのかわからない。その点については話しあってみてもらちはあかなかった。ともあれわたしは実物を見ることに同意した、そしていま現に見ているわけだ」

「見るばかりでなくもっとほかのこともしましょう、先生。本をおもちくださいましたか？」

「もってきました」

「ちょっと拝見」

グッドフェロウ教授は目前に立ちはだかっている人間の形をした鉄の塊りから目をはなさず腰をかがめた。そして足もとの書類カバンから一冊の本をとりだした。

ラニングは本を受けとると背表紙を見た。

「『溶液中における電解質の物理化学』。けっこうでしょう、先生。これはあなたが任意に選ばれた。このテキストは、わたしが指示したものではありません。いいですね？」

「ええ」

ラニングは本をロボットEZ27号に渡した。

教授は跳びあがった。「だめだ、それは貴重な本なんだ」

ラニングが上げた眉は、けばだったココナッツのアイシングのように見えた。「イージィは力だめしに本を二つに引き裂くような真似はしませんよ。われわれと同様、本を丁寧にあつかうことを知っています。さあ、はじめなさい、イージィ」

「ありがとうございます」とイージィは言った。それから金属の巨体をやや傾けてこうつけくわえた。「お許しがいただけますでしょうか、グッドフェロウ教授」

教授は目を見張った。「あ、ああ、いいとも」

イージィは金属の指をゆっくり確実に動かして本のページをめくり、左のページを一瞥し、それから右のページを一瞥した。ふたたびページをめくり、左を一瞥し右を一瞥する。ページをめくり左、右。そして一分、また一分と同じことがつづく。

その威圧感は、彼らのいるセメント壁の広い部屋を小さくしてしまったような、そばで見ている二人の人間を実物よりかなり小さくしてしまったようだった。

グッドフェロウ教授はつぶやいた。「明かりの工合がよくないが」

「かまいませんよ」とラニングは言った。

グットフェロウは厳しい口調で、「だが彼はいったいなにをしているんです？」

ようやく最後のページが繰られた。ラニングがすかさず訊いた。「どうかね、イージィ？」

「ご辛抱を、先生」

ロボットは言った。「これはたいへん正確な書物で、指摘しうる箇所はほとんどありません。二十七ページ、二十二行目、Positive の綴りが P-o-i-s-t-i-v-e になっています。三十二ページ、六行目のコンマは不要です。また五十四ページ、十三行目にはコンマを用いるべきだったでしょう。三百三十七ページの XIV-2 式におけるプラス記号は、その前の式と整合するためにはマイナス記号であるべきで──」

「待った！ 待った！」と教授は叫んだ。「彼はなにをしている？」

「している？」ラニングはじれったそうに言った。「いやいや、彼はもうしてしまったんですよ！ あの書物の校正をしたんです」

「校正をした？」

「さよう。ページをぱらぱらめくっているあいだに、綴り、文法、句読点の誤りをことごとく見つけだした。語順の誤りに気づき矛盾を発見した。彼はその情報を永久に一語一語正確に保存しておくでしょう」

教授の口がぱっくり開いた。彼はラニングとイージィのそばからあわてて後じさり、あわてて戻った。そして腕組みをして彼らを見すえた。彼はようやく口を開き、「するとこれは校正ロボットなのか？」

ラニングはうなずいた。「ほかにもいろいろと」

「しかしなぜわたしに見せた？」

「大学に購入していただくようお口添えを願おうと思いましてね」

「校正をさせるために？」

「まあそれもひとつですが」とラニングは辛抱強くくりかえした。「しかしばかげたことだ！」

教授はひきつった顔に苦々しい不信の色をうかべた。

「なぜ？」

「大学はこんな半トンもある――少なくとも半トンはあるにちがいない――校正係を雇う余裕はありゃしませんよ」

「これがやるのは校正だけじゃありませんよ。大まかな下書きからレポートを作成し、書式をととのえ、正確な記憶ファイルの役をし、答案の採点もやる――」

「くだらん！」

ラニングは言った。「くだらんことはありませんよ、いますぐにでもお目にかけますよ。しかしこの問題はあなたの研究室でもっと落ち着いて論じたいものですな、ご異存がなければ」

「ああ、ありませんとも」と教授は機械的に言って踵をかえしかけた。そして嚙みつくように、「しかしロボットは――連れていくわけにはいかん。それに博士、これはまたコンテナに入れなければならないでしょうが」

「時間はたっぷりあります。イージィはここに置いていけばよろしい」

「監視もおかずに？」

「なぜいけませんか？　彼はここに留まるべきだということを心得ています。グッドフェロウ教授、ロボットは人間よりはるかに信頼できるということをご理解いただく必要がありますね」

「いかなる損害も、責任はわたしに――」

「損害などありゃしませんよ。わたしが保証します。ねえ、もう放課後でしょう。明日の朝までは、ここへ入ってくる者はいないと思いますよ。トラックとうちの者は倉庫の外です。USロボット社はいかなる責任も取ります。なにも起こらんでしょうが。まあ、ロボットの信頼性のデモンストレーション、というところですかな」

教授は倉庫の外へ連れだされるままになっていた。五階にある彼の研究室でもまったくくつろいだ様子はなかった。

彼は額の上半分に噴きだした玉の汗を、白いハンカチで叩くようにして拭《ふ》いた。

「言うまでもなかろうが、ラニング博士、地球上では、ロボットの使用を禁止する法律がある」と彼は言った。

「その法律はそう単純なものじゃありませんよ、グッドフェロウ教授。ロボットは公共の場所、ないしは公共の建造物内で使用してはならない。ロボットは個人の所有地、ないしは個人の建造物内で使用してはならない、ただしある種の制約下のもとではその限りではない、とはいうものの必ず禁止ということになりますがね。しかしながら大学はつねに特恵をうける大規模な私有施設です。かりにロボットがある特定の部屋で学術目的のためにのみ使用されるならば、またそのほかのある種の制約条件が守られ、そしてその部屋へ入る機会をもつ人間が完全に協力しあうならば、われわれは法律を踏みだすことにはならない」

「しかし、たかが校正ぐらいでそれだけの面倒を？」

「用途は無限ですよ、先生。これまでのロボット労働力は肉体労働を軽減するために用いられてきた。では頭脳労働のたぐいはどうです？　もっとも有益で創造的な思考力のある教師が活字の誤りを苦労して見つけるために二週間という時日を無駄にしなければならないというとき、それを三十分でやってのける機械を提供しようという、それがくだらないことでしょうか？」

「しかし価格が――」

「価格のことならご心配にはおよびませんよ。EZ27号は買っていただくわけにはいかないのです。USロボット社は製品をお売りしません。しかし大学にはEZ27号を年額千ドルでお貸しします――マイクロ波分光写真連続記録装置のコストに比べればはるかに安い」

グッドフェロウは呆気にとられた面持だった。ラニングはすかさずだめを押した。「大学の決議機関へこの件をもちだしてくだされればそれでよいのです。もっと情報がほしいと言われるならよろこんで持参しましょう」

「とにかく」とグッドフェロウは曖昧な口調で、「来週の理事会に提出してみよう。ただし成果があるかどうかは約束できませんよ」

「それはもう」とラニングは言った。

弁護人はずんぐりとした小男で、二重顎をきわだたせるような姿勢でかなり尊大に構えていた。証人に質問する番になると、彼はグッドフェロウ教授を見すえた。「あなたはどちらかと言えば進んで同意したのではありませんか？」

教授はきびきびと答えた。「ラニング博士を厄介払いしたかったのだと思います。そのためにはなんにでも同意したでしょう」

「博士が帰ったら忘れてしまうつもりで？」

「まあ――」

「それにもかかわらず、あなたは大学の理事会にこの問題を提出された」

「はい、そうです」

「ということはあなたはラニング博士の提案を誠意をもって受け入れたわけですね？　いいかげんに受けながすつもりではなかった。じっさいには熱意をもって同意した、そうではありませんか？」

「わたしは通常の手続きを踏んだまでです」

「実際問題として、あなたはあのロボットに対してさきほど述べられたほどの不安は感じなかった。あなたはあのロボット工学三原則をご存じだ、あなたはラニング博士との会見のさいにもそれを知っておられた」

「ええ、それは」

「そしてあなたは、ロボットに監視をつけず自由にしておくことをまったく意に介さなかった」

「ラニング博士の保証があったので――」

「しかしあのロボットにいささかなりと危険を感じておられれば、博士の保証を決して受け入れはしなかったでしょう」

教授はひややかに言った。「わたしは彼の言葉を一から十まで信用したからこそ――」

「終わります」と弁護人は唐突に言った。

グッドフェロウ教授がやや憤然と着席すると、シェイン判事が体をのりだして聞いた。

「わたしはロボット工学の専門家ではないので、ロボット工学三原則を正確に知りたいと思います。ラニング博士、本法廷のためにご教示願えませんか？」

ラニング博士はびっくりしたように顔をあげた。かたわらの灰色の髪の婦人と文字どおり頭を突きあわせていたのだ。彼が立ちあがると、婦人も顔をあげた――無表情に。

ラニング博士は言った。「かしこまりました、裁判長閣下」彼はまさにこれから式辞を述べようとするかのように一息おいて、それから一語一語はっきりと言った。「第一条、ロボットは人間に危害を加えてはならない。また、その危険を看過することによって、人間に危害を及ぼしてはならない。第二条、ロボットは人間にあたえられた命令に服従しなければならない。ただし、あたえられた命令が、第一条に反する場合は、この限りではない。第三条、ロボットは、前掲第一条および第二条に反するおそれのないかぎり、自己をまもらなければならない」

「なるほど」判事は手早くメモを取りながら言った。「この原則はすべてのロボットに適用されているのですね？」

「すべてにです。それはあらゆるロボット工学者が保証します」

「ロボットEZ27号にもですね？」

「はっきり言えばそうです、裁判長」

「ただいまの陳述を宣誓のもとにくりかえすよう要請します」

「かしこまりました、裁判長」

彼は着席した。

かたわらにすわっている灰色の髪の婦人、USロボット社の主任研究員、ロボ心理学者のスーザン・キャルヴィンは、肩書きだけの上司を一片の好意も示さずに見つめた。もっとも彼女はどんな人間にも好意を示したことはない。彼女は言った。「グッドフェロウの証言は正確ですか、アルフレッド？」

「本質的にはね」とラニングは低声で言った。「彼はロボットに対してそれほど神経質ではなかった、わたしに価格を訊いて商談をすすめようという熱意はあった。しかしひどい歪曲はないと思う」

キャルヴィン博士は考えこむように言った。「値段は千ドル以上にしたほうが賢明だったかもしれませんね」

「イージィをもちこもうと懸命だったからね」

「存じています。懸命になりすぎた、おそらく。彼らは、われわれに思惑があったと思いこませるように仕向けるでしょうね」

ラニングはいらだたしげな表情をみせた。「思惑があったんだ。わたしは大学の理事会でそれを認めた」

「彼らはわれわれが認めたものよりもっと深い思惑があったと思いこませることもできますよ」

USロボット社の創立者の嫡男であり大株主であるスコット・ロバートスンが、キャルヴィン博士の横から体をのりだし、はげしい語気でささやいた。「なぜイージィに喋らせられないんだ、そうすればわれわれの狙いもわかるだろうに？」

「彼が喋るわけにはいかないのはご承知のはずですよ、ロバートスンさん」

「喋らせたまえ。きみは心理学者じゃないか、キャルヴィン博士。そうさせたまえ」

「わたしが心理学者だとおっしゃるなら」とスーザン・キャルヴィン博士はひややかに言った。「決定はわたしにおまかせください。わたしのロボットには、何事であれその安寧を犠牲にしてまで強制することはできません」

ロバートスンは眉をひそめなにか言いかけたが、そのときシェイン判事がもったいぶって木槌を叩いたので、しぶしぶながら口をつぐんだ。

文学部長兼大学院研究科の主任教授であるフランシス・J・ハートが証言台にあがった。肥満した体に地味な仕立ての黒っぽい背広をきちんと着こみ、ひとつまみの髪の毛が桃色の脳天を横切っている。証言席に深く腰をかけ両手をきちんと膝の上にそろえ、ときおり口をぎゅっと結んで微笑をつくる。

彼は言った。「ロボットEZ27号事件にわたくしが最初にかかわりをもちましたのは、大学の理事会および評議員会の席上でグッドフェロウ教授によってこの件がもちだされたさいでございます。その後、昨年四月十日、わたくしどもは本件に関する臨時評議員会を召集し、わたくしが議長をつとめたのでございます」

「理事会の議事録は保存されていますか？　つまりその臨時評議員会の？」

「いいえ。これはかなり異例の会議でございまして」主任教授はちらりと微笑をうかべた。

「極秘にすべきだと考えました」

「会議の席上でなにがありましたか？」

ハート主任教授は、会議の議長として決して居心地がよかったわけではない。また列席の理事たちもまったく平静のようには見受けられなかった。ひとりラニング博士だけが平然としていた。ひょろりとした長身と冠のような白い蓬髪は、ハートに、かつて見たアンドリュウ・ジャクスンの肖像画を思い出させた。

ロボットの作業見本がテーブルの中央に散乱しており、ロボットが描いたグラフのコピイはいま物理化学部のマイノット教授の手の中にあった。教授の唇はすぼめられて明白な是認を示していた。

ハートは咳ばらいをして言った。「ロボットがある種のルーティン・ワークを充分にやりこなせることは疑いの余地はございません。例をあげますと、わたくしはここへまいります前に、これをひとあたりあたってみましたが、誤りはごく僅少であります」

彼はふつうの本の長さより三倍も長い用紙を取りあげてみせた。それは校正刷で、活字が紙型に組みこまれる前に著者が校正するためのものだ。校正刷の両側の広い余白に読みやすいようにはっきりと直しがしてある。ところどころ文字が消され、別の文字がそのまま活字になりそうなきちんとした書体で余白に書きこまれている。青字の訂正は、もとの誤りが著者のものだったことを示し、少数の赤字は植字工の誤りだったことを示している。

「まったくのところ」とラニングは言った。「誤りは、ごく僅少どころか、皆無と申してもよいでしょうが、ハート博士。原稿が完全であるかぎりにおいて、校正は完全だと思います。この校正刷の原稿が、語法上の誤りではなく、事実において誤りを冒している場合は、ロボットはそれを訂正する権限をもちません」

「それは認めます。しかしロボットはときおり語順を訂正してはいるけれども、英語の規則というものは融通性のないものじゃありませんから、それぞれのケースでロボットの選択が正しいと言いきれるかどうか」

「イージィの陽電子頭脳には」とラニングは大きな歯をむきだして笑って、「その問題に関するあらゆる標準的テキストの内容が詰めこまれています。ロボットの選択が明らかに誤りであるというケースはまあ見つからないでしょう」

マイノット教授は手にもっていたグラフから目をあげた。「わたしの頭にうかぶ疑問はですな、ラニング博士、世間に悶着の種をふりまいてまでロボットを使う必要があるのかということなんだ。オートメーションの科学はかなり進んでいて、おたくの会社は、社会にもすんなり認められて受け入れられて、校正のできるようなふつうのコンピューターを開発できる段階まできているんじゃないですか」

「そりゃできますよ」とラニングは語気を強めた。「しかしそんな機械では、校正刷を特殊な記号に翻訳するとか、少なくともテープに写しとるとかいう作業が必要です。どんな訂正も記号として出てくるわけです。となると言葉を記号に、記号を言葉に翻訳する人間を雇う必要が出てくる。それにそんなコンピューターじゃほかの仕事はできない。たとえばあなたがそこにもっておられるようなグラフを描くことはできません」

マイノットはうなった。

ラニングは言葉をついだ。「陽電子ロボットの特性はその融通性にあります。さまざまな仕事ができるんです。人間の体と同じように作られていますから、人間向きに作られた道具や機械をすべて使いこなすことができる。あなたがたに話しかけることもできれば、あなたがたが話しかけることもできます。ある程度まで議論もできる。陽電子頭脳をもたない通常のコンピューターは、もっとも単純なロボットと比べてみても、図体ばかりでかい計算機にすぎません」

グッドフェロウ教授が顔をあげた。「もしわれわれがロボットと話をしたり議論したりできるとすれば、われわれがロボットを混乱させてしまう可能性もあるわけだな？　膨大な量のデータをすべて吸収する能力はないだろうから」

「ええそうですね。しかしふつうに使えば五年はもちます。ロボットは整備が必要になる時期を心得ています、整備はわが社が無料でいたします」

「会社がやるって？」

「はい。わが社は、ロボットの標準作業に加えて、ロボットのアフターサービスを行なう権限を保有しております。われわれが陽電子ロボットの管理責任を保留し、彼らを売らずにリースする理由はそこにあります。通常の機能を求める場合は、人間ならだれでもロボットに命令をあたえることができる。通常の機能を越える場合は、専門家の操作が必要で、われわれがその任にあたるわけです。たとえば、あなたがたのうちのだれにしてもこれとあれの項目は忘れろと命令して、ある程度までロボットの記憶を消すことはできる。しかし、忘れることが多すぎたり、少なすぎたりするような命令の仕方をしてしまいがちです。こういう誤った操作は発見できます。安全装置が組みこんでありますから。しかしふつうの仕事をする場合、その任務を解く必要はありませんし、またそのほかのつまらない仕事をするには、こういう問題はおきません」

ハート主任教授は入念にとかしつけた頭髪が均等に配置されているかどうか確かめるように頭に手をやってから、こう言った。「あなたはこの機械を売りこむのにやっきになっておられる。しかしこれはどうみてもUSロボット社には損な取引きですな。年間千ドルとは法外な安値ですからねえ。ここで損をしても突破口を開けば、こういう機械をほかの大学にはもっと適正な価格で貸しつけられると見こんでのことですか？」

「たしかにかなりの期待をもっています」とラニングは言った。

「しかしかりにそうだとしても、おたくの会社が貸しだせる台数は限られている。引きあうかどうか疑問ですなあ」

ラニングはテーブルに肘をつき、ここぞとばかり体をのりだした。「率直に言わせていただきましょう、皆さん。ロボットはある特殊のケースを除いては地球上では使用を禁じられている。一般に彼らに対する偏見があるからです。USロボット社は、コンピューター部門はいうまでもなく、地球外や宇宙飛行のマーケットだけでも多大の収益をおさめている会社です。しかしわれわれは収益以上のものを求めています。地球上でロボットを使えば、結局は人間全体の生活の向上ということになるというのがわが社の堅い信念なんですよ、たとえはじめはある程度の経済的な混乱があるにしてもです。

労働組合は当然われわれに反対していますが、規模の大きい大学なら協力は得られるのではないかと思います。ロボット、イージィは先生がたを面倒な雑用から解放してくれます――お許しさえ得られれば、先生がたにかわって校正の任にあたるでしょう。ほかの大学や研究所も、先生がたが率先して使ってくださればそれにならうと思います。これが成功すれば、ほかのタイプのロボットも供給されるようになり、社会の反対も徐々になくなっていくのではないかと思いますよ」

マイノットはつぶやいた。「今日はノースイースタン大学、明日は世界か」

ラニングは腹立たしそうにスーザン・キャルヴィンにささやいた。「わたしはあんなに雄弁じゃあなかったし、彼らだってあんなふうに不承不承っていうわけでもなかったよ。年間千ドルというので喉から手が出るほどイージィが欲しかったのだ。マイノット教授は、あのグラフほど見事に描かれたグラフは見たことがない、校正にも誤りはまったくないと言ったのだ。ハートははっきりとそれを認めている」

キャルヴィン博士の額の厳しい縦皺はゆるまなかった。「彼らが払えないくらいの金額を要求すべきでしたね、アルフレッド、そして値切らせればよかった」

「だろうね」と彼は不服そうに言った。

原告側のハート教授に対する尋問はまだ終了してはいなかった。

「ラニング博士が帰った後、ロボットEZ27号を受けいれるかどうか投票を行ないましたか?」

「はい、行ないました」

「結果は?」

「過半数で受け入れが決定しました」

「なにが票を左右したと思いますか?」

弁護人はただちに異議を申し立てた。

原告側は質問を言いなおした。「あなた自身の票はなにに左右されたと思いますか? 賛成票を投じられたと思いますが」

「ええ、そうです。わたくしがそうしましたのは主として、ラニング博士の気持に同調したからです。つまり人間のさまざまな問題の解決にあたってロボット工学の導入を許すのは、世界の知識人の指導的立場にあるものとしての義務であると言う博士の言葉に動かされたからです」

「言いかえればラニング博士に言いくるめられた」

「それが彼の仕事です。彼は立派に責務を果たしました」

「弁護人、どうぞ」

弁護人は証言席につかつかと歩みよるとハート教授の顔をじろじろ眺めまわした。そして、言った。「実際問題としてあなたはロボットEZ27号の雇用をかなり積極的に望んでおられたんじゃありませんか？」

「もしあれにその仕事ができるなら便利だろうと思いました」

「もし仕事ができるなら？　ただいまのお話にあった会議の席上で、あなたはロボットEZ27号のやった作業見本を仔細に検討したのではありませんか？」

「はい、そうです。あの機械の仕事は主に英語という言語の操作にありまして、それはわたくしの専門分野でありますから、その仕事の結果を検討するためにわたくしが選ばれるということはきわめて理にかなっていると思われます」

「なるほど。会議の席上、満足のいかぬサンプルがあのテーブルの上に提示されていましたか？　わたくしはここにそのすべてのサンプルを提示いたしたいと思います。不満足なサンプルを指していただけますか？」

「それは――」

「簡単な質問です。不満足なサンプルがひとつでもありますか？　あなたはこれらを検討なさった。ひとつでもありましたか？」

文学部の教授は眉をひそめた。「ありませんでした」

「わたしはまたロボットEZ27号がノースイースタン大学における十四カ月間の雇用期間に行なった作業のサンプルをいくつか持参しました。これをお調べねがって、それにひとつでも誤りがあればおっしゃっていただきたい」

ハートは嚙みつくように言った。「彼が誤りを冒したときは、そりゃ見事なものだった」

「質問にお答えねがいます」と弁護人は大音声を張りあげた。「わたしの質問にだけお答えねがいます！　このサンプルの中に誤りがありますか？」

ハート教授はそれぞれのサンプルを注意深く眺めた。「いいえ、まったくありません」

「本法廷で審理中の物件以外にEZ27号が冒した誤りをご存じですか？」

「本事件で審理されている物件以外にはありません」

弁護人は文節の終わりを合図するかのように咳ばらいをした。「さてロボットEZ27号を雇い入れるべきか否かに関する投票についてでありますが。賛成は過半数であるとおっしゃった。じっさいの投票数はいかがでしたか？」

「十三対一です。わたしの記憶では」

「十三対一！　過半数どころじゃありませんな、そうでしょう？」

「ちがいます！」ハート主任教授の衒学趣味が勃然としてわきおこった。「英語におきましては〝過半数〟という言葉は〝半数以上〟という意味です。十四のうちの十三は過半数であり、それ以外のなにものでもありません」

「しかしほとんど満場一致と見てさしつかえないでしょう」

「どちらにしても過半数です！」

弁護人は鋒先を変えた。「反対の一票はどなたですか？」

ハート主任教授は苦々しい顔をした。「サイモン・ニンハイマー教授です」

弁護人は驚いたふりをしてみせた。「ニンハイマー教授？　社会学部の学部長？」

「原告ですね？」

「ええ、そうです」

「ええ、そうです」

弁護人は唇をすぼめた。「言いかえればわたしの依頼人であるUSロボット&機械人間株式会社に対し七十五万ドルの賠償請求の訴訟を提起された当事者が、ロボットの使用に最初に反対した人物であったわけですな――大学評議員会の席上でほかの全員がそれはいい考えだと納得したにもかかわらず」

「教授は動議に対して反対票を投じたのです。教授にはその権利があります」

「あなたは会議の模様を話されたさいに、ニンハイマー教授の発言についてはまったく触れられませんでしたね？　教授は発言しましたか？」

「発言したと思います」

「思う？」

「いや、発言しました」

「ロボットの使用反対の？」

「そうです」

「教授は猛反対をされた？」

ハート教授はちょっと口をつぐんだ。

「強く反対しました」

弁護人は親しげな口調になった。「ニンハイマー教授とのおつきあいはどのくらいになります、ハート教授？」

「十二年です」

「かなりお親しい？」

「まあ、そうですね、ええ」

「教授をよくご存じだとすると、彼はロボットに対する憎悪を燃やしつづけるようなタイプでしょうか、反対票が否決されたとなるとなおいっそう——」

原告側代理人が憤然として立ちあがり語気荒く異議を申したてたために質問の残りはかき消されてしまった。弁護人は証人に証言席からおりるように身振りで伝え、シェイン判事は昼食のための休廷を宣した。

ロバートスンはサンドイッチを押しつぶした。百万ドルの四分の三の損失で会社の屋台骨がまさか揺らぎはしないが、かといってその損失はなにものもたらしはしないだろう。そのうえ、企業の宣伝の面ではるかに金銭的な損失の大きい、長期にわたる後退を余儀なくされるだろうことは明らかだった。

彼は苦々しげに言った。「イージィが大学に入りこんだ経緯をなんでくどくどとやりあっているのだろう？　やつらはなにを狙っているのかね？」

弁護人は穏やかに言った。「法廷の戦術はチェスのようなものです、ロバートスンさん。勝者はつねに数手先を読める人間です。原告側の席にいるわたしの友人は駆け出しじゃありません。彼らは受けた損害を示すことができる、それは問題ではない。彼らの精力は、われわれの最終弁論を出し抜くことに注がれています。おそらく、われわれが、こう申し立てるのを待っているにちがいありませんよ、イージィは法を犯すことはできない――ロボット工学三原則によって」

「そうとも」とロバートスンは言った。「それこそわれわれが抗弁したい点だ。まったく水も漏らさぬ論拠だ」

「ロボット工学者にとってはです。判事にとっては必ずしもそうとはかぎらない。彼らはなんとしてもEZ27号がふつうのロボットではないことを証明できるようにしたいわけです。あのモデルは一般に提供した最初のものでしたね。実地テストが必要な実験モデルで、大学はそうしたテストの場を提供しうる唯一の場所です。ロボットを受け入れてもらおうというラニング博士の懸命な努力と、きわめて低額な料金で貸しだそうというUSロボット社の熱意からみてもそれがわかります。原告側は、実地テストでイージィが失敗作だったことが証明されたという論告を行なうでしょう。これまでの論点はおわかりですか？」

「しかしEZ27号は完璧なモデルだった」とロバートスンは反論した。「二十七台目の製品だった」

「それがじつにまずい点でしてね」と弁護士は声を曇らせた。「はじめの二十六台はどこが悪かったのか？　明らかになにか欠陥があった。二十七台目にも欠陥がないとは言えないでしょう？」

「最初の二十六台は悪いところはなにもなかった、ただああいう仕事をやるほど複雑なものではなかったということだ。ああいう種類の陽電子頭脳をもったロボットはあれがはじめてで、はじめはまあ行きあたりばったりに作られた。しかし三原則はどれにも組みこまれていた。どのロボットも三原則の抑制がきかないほど不完全ではなかった」

「ラニング博士からそれはうかがっていますよ、ロバートスンさん、わたしはよろこんで博士の言葉を信じます。しかし判事はそうはいきません。ロボット工学の初歩も知らぬ、したがって惑わされるかもしれない誠実なる知識人の裁断をわれわれは仰がねばならんのです。たとえばあなたかラニング博士かキャルヴィン博士が証言席に立って、いまあなたがおっしゃったように陽電子頭脳は行きあたりばったりに作られるなどと言おうものなら、原告側は反対尋問であなたがたをめためたにしてしまいますよ。この訴訟の勝ち目はまったくなくなってしまう。だからそれは避けねばならない」

ロバートスンはうめくように言った。「イージィに喋らせればいいんだが」

弁護士は肩をすくめた。「ロボットは証人としては不適格です、なんの役にもたちませんよ」

「少なくとも多少の事実が明らかになるだろう。あれがなぜあんなことをしたのかがわかるはずだ」

スーザン・キャルヴィンが憤然としてくちばしをいれた。頬にかすかに血がのぼり、声には心なし熱がこもった。「イージィがどうしてあんなことをしたのかわれわれにはわかっていますよ。命令されたんです！　このことは弁護士さんには説明しましたから、あなたにもご説明しましょう」

「命令された、だれに？」ロバートスンはすっかり驚いて尋ねた。（だれもわたしにはなにも教えてくれないと彼は腹立たしく思った。研究所のやつらはみんな自分たちがUSロボット社の所有者だと思いこんでいる、あきれたものだ！）

「原告に」とキャルヴィン博士が言った。

「いったいなんでまた？」

「なぜかはまだわかりません。おそらくわれわれを訴えるために、いくばくかの現金を手に入れるために」言いながら彼女の目がきらりと青く光った。

「ではなぜイージィがそう言わないのだ？」

「それは明白じゃありませんか？　そのことは黙っているようにと命令されたんです」

「なぜそれが明白なのかね？」とロバートスンはかみつかんばかりに言った。

「ええ、わたしにとっては明白です。ロボット心理学がわたしの職業ですから。その問題についてずばり質問して、イージィが答えなかったら、その問題の周辺について訊けば答えるでしょう。そして問題の核心に近づくにつれ、その答え方にためらいの度が増していく、その度合を見ればいいんです。それから、空白の領域とカウンター・ポテンシャルの強度を測定すればいいんです。そうすれば彼のトラブルは、ロボット工学三原則の第一条という力をもった、喋るなという命令の結果であることは科学的に正確に立証することができます。言いかえれば彼は、おまえが喋れば人間に危害が及ぶと言われたのです。おそらくお話にもならないニンハイマー教授、つまり原告、ロボットにとって人間だと認められる人物に対する危害なんでしょう」

「それならだね」とロバートスンは言った。「もし彼がずっと沈黙を守っていたら、USロボット社に危害が及ぶのだと言ってやれないのかね？」

「USロボット社は人間ではありません。ロボット工学三原則の第一条は、普通法が認めるように会社を人とは認めません。それにこの特殊な抑制要因をとりのぞこうとするのは危険でしょうね。命令をあたえた人間がそうするのなら危険は最少ですむでしょうが、なぜならその点に関するロボットのモティベーションはその人間に集中されるからです。それ以外の方法では——」彼女はかぶりを振り、内心の昂ぶりを抑えかねるように、「わたしはあのロボットをだめにしてしまいたくはありません！」

ラニングがこの問題に正気をもたらしてやるとでもいうように口をはさんだ。「イージィが告訴されているような行為を犯すことはロボットには不可能であると証明しさえすればいいと思うがね。われわれには証明できるのだ」

「そのとおり」と弁護人は当惑顔で言った。「あなたがた、、、は証明できる。イージィの状態、イージィの心理状態の性質を証言できる唯一の証人はUSロボット社の社員です。判事はその証言を偏見のないものとして受け入れることはできないでしょう」

「どうやって専門家の証言を拒めるのかね？」

「その証言を受け入れなければいいんです。それは判事としての権利です。ニンハイマー教授のような人間が、たとえ多額の金のためとはいえ、あえて自らの名声を傷つけようとしている、それを斥けるために、判事はあなたがた技術者の専門的発言を受け入れたりはしないでしょう。判事もしょせん人間ですからね。もし不可能なことをする人間と不可能なことをするロボットのどちらかを選べと言われたら、どう見ても人間を選ぶんじゃないでしょうか」

「人間は不可能なことをすることができるのだ」とラニングは言った。「なぜならわれわれは人間の複雑な心を知りつくしているわけではない、ある人間の心のなかでなにが不可能でなにが不可能でないかわれわれにはわからないのだ。ロボットの場合はなにが不可能であるかわれわれにはわかっている」

「とにかくそれを判事に納得させられるかどうかが問題です」と弁護人はげんなりしたように言った。

「しかしきみの言葉どおりだとすると」ロバートスンがうなるように言った。「納得させられるとは思えんな」

「いずれわかりますよ。しかし当面の苦境を知り、それを認識なさるのはけっこうですが、かといってあまり気をおとされても困りますよ。わたしだってチェス盤の駒の動きは数手先まで見越しているつもりなんですから」とロボ心理学者に向かって大きくうなずきながら、「ここにおられるご親切なご婦人のお力を拝借しましてね」

ラニングは二人の顔をこもごもに眺めた。「そりゃいったいどういうことかね？」

だがそのとき廷吏《ていり》がドアから首をつきだし息をかすかにはずませながら、審理の再開を告げた。

彼らは着席し、この事件を引き起こした張本人を仔細に眺めた。

サイモン・ニンハイマーは砂色の髪をふんわり生やした頭と、鉤鼻と尖った顎と頬のこけた顔の持主であり、また、人と話をするさい、なにか肝心なことを言おうとすると必ずといっていいほど口ごもる習慣の持主で、それがほとんど耐えがたいまでの正確さを求める人間という印象をあたえた。彼が、「太陽は――ああ――東――から昇る」と言うとき、彼は太陽がときには西から昇るかもしれないという可能性について当然の考慮をはらっているのだ。

原告側代理人が言った。「あなたは大学当局のロボットEZ27号の雇用について反対しましたか？」

「ええ、しました」

「それはなぜですか？」

「充分わかっているとは思えなかったからです、USロボット社の――ああ――真意なるものが。ロボットをわれわれに押しつけようとする彼らの熱意がうさんくさく思われました」

「あなたは、あのロボットがその目的のために設計されたという仕事をできると思いましたか？」

「できなかったことを事実として知っております」

「あなたの論拠を述べていただけませんか？」

『宇宙飛行《スペース・フライト》にともなう社会的不安とその解決』と題するサイモン・ニンハイマーの著書は脱稿に八年という歳月を要した。ニンハイマーの正確さの追求は、話し方の癖だけにとどまらず、社会学のようなほとんど不正確さを特性とする分野においてすら、彼を執念深く駈りたてるのであった。

校正刷になっても、やりおえたという感じはしなかった。じっさいはむしろその逆だった。校正刷の長い紙を眺めていると、活字の列をばらばらにして新しく組み直したいという欲求がむらむらとわきあがってくる。

社会学の専任講師であり近々助教授になる予定のジム・ベイカーは、印刷所から初校校正刷の束がとどいてから三日後、ニンハイマーが校正刷の束をぼんやりと眺めているのを発見した。校正刷はみんなで三部あった。一部はニンハイマーの校正用、一部はベイカー自身の校正用、そして〈原本〉と記された一部は、ニンハイマーとベイカーが、ありとあらゆる論議をたたかわし意見の相違を調整したのちになされる最終的修正を書きこむためのものだった。これは過去三年間、共同研究によるいくつかの論文を発表するさいの彼らの方針であり、それで万事うまくいっていた。

感じのいい穏やかな声の持主のベイカー青年は、自分用の校正刷を手にもっていた。彼は勢いこんで言った。「第一章を見ましたけど印刷ミスがいくつかありますね」

「第一章はいつもそうなんだ」とニンハイマーはぼんやりと言った。

「いまごらんになりますか？」

ニンハイマーは目の焦点をベイカーに合わせた。「校正刷にはぜんぜん手をつけてないのだよ、ジム。わたしの手をわずらわせるまでもあるまいと思ってね」

ベイカーは当惑顔をした。「わずらわせるまでもない？」

ニンハイマーは唇をすぼめた。「わたしはあの機械の――ああ――作業量について訊いてみたんだよ。もともと――ああ――校正用として売りこまれたものだ。もうスケジュールが組まれているんだよ」

「あの機械？　イージィのことですか？」

「まったく愚かしい名前をつけたものだ」

「しかしニンハイマー先生、先生はあれを敬遠されておられたじゃありませんか！」

「そうしたのはわたし一人だけだったようだ。わたしも——ああ——利益の分配にあずかってしかるべきだろう」

「はあ、するとぼくはこの第一章に無駄な時間を費したわけですね」とベイカーは悲しそうに言った。

「無駄じゃないさ。機械の結果ときみのと比較検討できるだろう」

「先生がお望みならですが、しかし——」

「しかし？」

「イージィの仕事に誤りが見つかるとは思いませんね。誤りはぜったいしないと言うんですから」

「まあな」とニンハイマーはそっけなく言った。

第一章が四日後ベイカーによってふたたびもちこまれた。今日はニンハイマーの分のコピイで、イージィとその付属装置とを収納する特別室から来たばかりのものだ。

ベイカーは相好をくずしていた。「ニンハイマー先生、あいつは、ぼくの見つけた誤りはもちろん——ぼくの見おとした誤りを一ダースも見つけましたよ！ しかも所要時間はたったの十二分です！」

ニンハイマーは余白にきちんと校正記号の書きこまれた校正刷に目を通した。「これはきみやわたしがやるほど完全な出来ではないな。低重力の神経への影響に関するスズキの論文の引用を入れたかった」

「〈社会学評論〉にのった論文ですか？」

「そうとも」

「しかしイージィに不可能なことを望むのは無理です。あれはわれわれにかわって文献を読むことはできません」

「それはわかっている。じつを言えば引用の部分は用意してきた。あの機械に会って——ああ——挿入の方法を知っているかどうか確かめてみよう」

「知らなくてもすぐのみこむでしょう」

「確かめたいのだ」

ニンハイマーはイージィに面会するのに予約をしなければならず、ようやく取れた時間は夜中の、しかもたった十五分という短時間だった。

だが十五分で充分だった。ロボットEZ27号は引用挿入の方法をすぐにのみこんだ。

ニンハイマーはロボットをまぢかで見るのはこれがはじめてだったが、いい気持のものではなかった。無意識のうちに相手が人間であるかのような口調で言った。「きみは仕事が楽しいかね？」

「とても楽しいです、ニンハイマー教授」とイージィは重々しく言った。目である光電管がふつうの濃い赤い色にきらめいた。

「わたしを知っているのか？」

「あなたが校正刷に加える引用文を示された事実から、あなたが著者であることがわかります。著者の名はむろん校正刷の各ページのあたまに記されています」

「なるほど。きみは――ああ――推理をするのだな。ところでひとつ聞かせてもらいたいが――」彼はこう訊かずにはいられなかった――「この書物をどう思う、これまでのところ？」

イージィは言った。「校正するのがとても楽しい本です」

「楽しい？　それは奇妙な言葉だな――ああ――感情のない機械としては。きみには感情はないと聞いていたが」

「あなたのご本の言葉がわたしの回路と同調するのです」とイージィは説明した。「カウンター・ポテンシャルがほとんど発生しないか、まったく発生しないかのどちらかです。この機械的現象を〝楽しい〟という言葉に翻訳するのはわたしの頭脳回路です。感情的背景は偶然です」

「なるほど。ではなぜこの本が楽しいのかね？」

「人間を扱っているからです、教授、無機的素材や数学的記号を扱っているのではないからです。あなたの書物は人間を理解しようと試み、人間の幸福を増進させようと試みています」

「そしてそれはきみの努めているところであり、それゆえわたしの書物はきみの回路と同調するというわけか？　そうだね？」

「そうです、教授」

十五分が経過した。ニンハイマーはそこを出ると図書館へ行き、閉館まぎわだったけれどもロボット工学の入門書を探しだすまで閉館を待ってもらった。彼は入門書をたずさえて帰宅した。

最近の文献をときたま引用挿入する以外は、校正は全部イージィにまわされ、イージィから出版社へ戻されるが、ニンハイマーの干渉ははじめから少なく——後にいたっては皆無となった。

ベイカーは不安げに言った。「あれのおかげでぼくは無用の長物になったような気がしますよ」

「あれは新しい問題に着手する暇ができたときみに感じさせなければいかんな」ニンハイマーは〈社会科学大要〉の最近号のメモをとる作業から顔もあげずに言った。

「どうしてもあいつに慣れませんねえ。校正刷のことが心配でならないんです。愚かしい心配だと思いますけど」

「そうだな」

「先日もイージィが校正刷を戻す前に二枚ほど抜きとってみたんですけど」

「なんだと！」ニンハイマーが気色《けしき》ばんだ顔をあげた。〈大要〉がばたりと閉じられた。

「きみはあの機械の作業の邪魔をしたのか？」

「ほんの一分ですよ。万事うまくいってました。ああ、たったひとつ、言葉を訂正した箇所がありましたな。〝犯罪的な〟という言葉を〝無謀な〟と訂正してありましたよ。前後関係からみて後の形容詞のほうが適当だと判断したんですね」

ニンハイマーは考えこんでいる。「きみはどう思った？」

「そりゃあれと同じ意見です。あいつの訂正したままにしておきました」

ニンハイマーは回転椅子の上で身をよじり若い助手のほうに向きなおった。「いいかい、二度とそんなことはしないでもらいたい。あれを使うからには――ああ――フルに利用したいのだ。せっかくあれを使うことになっても、きみの――ああ――務めがおろそかになれば、つまり監督が必要でもないのにきみがあれを監督していたら、なんにもならないじゃないか。わかるだろう？」

「はい、ニンハイマー先生」とベイカーはおとなしく言った。

『社会的不安』の見本刷がニンハイマー教授の研究室に送られてきたのは五月八日である。

教授はぱらぱらとそれをめくりながら拾い読みをした。そしてその見本刷は片隅に押しやられた。

後に述べているように、彼はそのことを忘れていた。八年を費した労作だったけれども、校正の重荷をイージィが肩がわりしてくれたので、この数カ月は新たな興味が彼の心を奪っていた。いつものように大学図書館に贈呈することすら思いつかなかった。ベイカーは、教授に譴責《けんせき》されてからは仕事に没頭して教授を避けていたが、その彼すら本を受けとっていなかった。

六月十六日、破局がおとずれた。ニンハイマーは電話を受けた。彼は画面の映像を驚いて見つめた。

「スパイデル！　街にいるのか？」

「いいえ、ちがいます。いまクリーブランドにいます」スパイデルの声はわなないていた。

「で、なぜ電話を？」

「あなたの新著を拝見したところです。ニンハイマー、あなた、頭がおかしいんですか？　正気をなくしてしまったんですか？」

ニンハイマーは顔をこわばらせた。「どこか——ああ——間違いがあるのか？」彼は驚いたように訊ねた。

「間違い？　五百六十二ページを見てください。ぼくの論文をあんなふうに解釈するなんてひどいじゃありませんか？　犯罪を犯しやすい性向などというものは存在しない、真の犯罪者は法執行機関だなどという主張がわたしの論文のどこに書かれているんです？　ここですよ、ちょっと引用すると——」

「待った！　待った！」とニンハイマーは叫びながらそのページを探した。「ちょっと待ってくれ！　ちょっと待って……なんということだ！」

「それで？」

「スパイデル、どうしてそんなことが書いてあるのかわからない。わたしはこんりんざいこんなことは書かなかった」

「しかし現に印刷されているじゃないですか！　こんな歪曲は序の口です。六百九十ページを見てください、イペイティーフの発見についてあなたがやった焼き直しを彼が読んだらどうなると思います！　ニンハイマー、この本はこういうたぐいのたわごとばかりでちんぷんかんぷんだ。なにを考えておられるのか知りませんが——とにかくこんな本は回収するほかはない。次の学会ではたっぷりと弁明を用意しておいたほうがいいですね！」

「スパイデル、聞いてくれ——」

だがスパイデルはすごい勢いでスイッチを切ったので画面の残像が十五秒も輝いていた。

それからニンハイマーは問題の本を読みながらページからページへと赤インクでチェックを入れはじめた。

イージィとふたたび対面した彼は、感情をうまく抑えたものの、唇は血の気がなかった。問題の本を手わたしながら彼は言った。「五百六十二ページ、六百三十一ページ、六百六十四ページ、六百九十ページのアンダーラインの箇所を読んでくれないか？」

イージィは四度、瞥見《べつけん》した。「はい、ニンハイマー教授」

「これは原本の校正刷にあった文章とはちがうね」

「はい、教授。ちがいます」

「きみがこういうふうに書き変えたのだね？」

「はい、そうです」

「なぜだ？」

「教授、あなたの原稿のこれらの部分は、あるグループの人間にとってははなはだしく礼を失しています。彼らに危害を及ぼすことを避けるためには書き変えたほうが望ましいと考えました」

「なぜそんなことをしたのだ？」

「ロボット工学三原則の第一条は、人間に危害を及ぼすこと、また、その危険を看過することによって人間に危害を及ぼすことをわたしに禁じています。社会学界におけるあなたの名声を考え、またあなたの本が学者のあいだに広く読まれることを考えますと、あなたが言及された多数の人間に対してかなりの危害が及ぶものと考えられます」

「わたしにいま及ぼうとしている危害にきみは気づかないのかね？」

「危害のより少ないほうを選ぶ必要がありました」

ニンハイマー教授は怒りのために身を震わせ、よろめきながら立ち去った。USロボット社が賠償すべきであることは彼にとって明白だった。


弁護人席には興奮の気配が見えたが、原告側の尋問が急所にさしかかるとその気配はいっそう濃くなった。

「するとロボットEZ27号は、この行為はロボット工学三原則の第一条にもとづくものだとあなたに言ったのですね？」

「そのとおりです」

「つまりロボットには事実上選択の余地はなかったのですね？」

「はい」

「するとUSロボット社は、ロボット自身が正しいと判断するところに従ってやむをえず本を書きなおすようなロボットを設計したというわけですね。しかるに彼らはそれを秘して単なる校正者として押しつけたわけですね。あなたはそうおっしゃるのですね？」

弁護人は即座に断固たる異議を申し立て、証人は専門外の事柄について決断を迫られていると指摘した。判事は型どおり、原告側に注意をあたえたけれども、この応酬が核心をついていたことは否めなかった――とりわけ弁護側にとっては。

弁護人は五分という時間を入手するため、法的解釈を敷衍《ふえん》して反対尋問の前に短い休廷を要請した。

彼はさっそくスーザン・キャルヴィンのほうへ体をのりだした。「キャルヴィン博士、ニンハイマー教授が真実を述べていて、イージィが第一条によって行動したということはありうることですか？」

キャルヴィン博士は唇をきゅっと結んだ。「いいえ、ありえないことです。ニンハイマーの証言の最後の部分は故意の偽証です。イージィは社会学の高等な専門書の中に表わされるような抽象概念を理解できるようには設計されていません。ある特定多数の人間があいう本の一節によって危害をこうむるなどということをあれは決して判断できない。あれの頭脳はそういうふうには作られていませんから」

「しかしわれわれはそれをしろうとに立証してみせることはできないでしょうね」と弁護人は悲観的に言った。

「ええ」とキャルヴィンも認めた。「証明はきわめて複雑なものになるでしょうね。われわれの解決法はいぜん変わりません。ニンハイマーが嘘をついていることを立証すべきです、彼がなにを言おうとわれわれの攻撃計画を変更する必要はありませんよ」

「わかりました、キャルヴィン博士」と弁護人は言った。「この点についてはあなたのお言葉に従いましょう。計画どおりに運ぶことにします」

法廷では判事の槌が振りおろされ、ニンハイマー博士がふたたび証言席にあがった。彼は自分の立場が揺るがぬものと確信し、無益な攻撃を迎えうつ期待を楽しんでいるように、かすかな笑みをうかべていた。

弁護人はおもむろに近づき穏やかな口調で言った。「ニンハイマー博士、あなたは、あなたの原稿に加えられたといわれる改竄《かいざん》を、スパイデル博士が六月十六日に電話をしてくれるまでまったくお気づきにならなかったと言われるのですね？」

「そのとおりです」

「あなたはロボットEZ27号が校正したあとの校正刷を一度もごらんにならなかったのですか？」

「はじめは目を通しておりましたが、無駄な作業のように思われました。わたしはUSロボット社の主張を信頼しました。あのばかげた――ああ――改竄は、あの本の終わりの四分の一にのみなされたものでありまして、推察するところ、ロボットが社会学に関する知識を充分吸収したあとで――」

「ご推察には及びません！」と弁護人は言った。「あなたの助手であるベイカー博士はその後の校正刷を少なくとも一回は見たと諒解します。あなたはそういった意味のことを証言なさいましたね？」

「ええ。さきほど述べましたとおり、彼は一ページ目を見て、ロボットがもうそこで言葉をひとつ訂正していたと申しました」

ふたたび弁護人は口を切った。「あなたはロボットの使用に対し一年越しの根深い敵意を抱いていたにもかかわらず、また最初からロボットの使用に反対票を投じ、またロボットを使用することを拒否していたにもかかわらず、突如としてあなたの著書、あなたの代表作《マグナム・オパス》をロボットの手に委ねる決意をしたというのはいささか奇妙ではありませんか？」

「奇妙だとは思いませんね。わたしはただあの機械を使ったほうが便利だと思ったまでです」

「そしてあなたはロボットEZ27号に絶大な信頼をよせていたので——突如としてですよ——あなたは校正刷をチェックしようともなさらなかった？」

「さきほど申しあげたとおりわたしは——ああ——USロボット社の宣伝文句を信じたのです」

「全面的に信じておられたので、助手のベイカー博士がロボットの校正をチェックしようとしたとき、あなたは博士をひどく叱責なさったのですね？」

「叱責したわけではありません。わたしは単に時間を——ああ——浪費してもらいたくなかったのです。少なくともあのときは時間の浪費だと思いました。あの一語の改変の意味に思いいたらず——」

弁護人はたっぷりと皮肉をこめて言った。「あなたは、言葉の改変の件が記録にとどめられるよう、証言のさいに持ち出せと指示されたことは疑いないと思いますが――」彼は原告側の異議申し立ての機先を制してすぐに話題を変えた。「つまりあなたはベイカー博士をこっぴどく叱った」

「いいや。叱りはしません」

「あなたは出来あがった本を受けとっても、彼に進呈しなかったではありませんか」

「単に忘却しておったのです。図書館にも渡しませんでした」ニンハイマーは用心深い笑みをうかべた。「教師にはぼんやり者が多いものでしてね」

「一年余も完全な仕事をしていたロボットがあなたの本の中で誤りを冒したのは奇妙ではありませんか？　つまりあなたによって、言いかえればだれよりもロボットを憎悪していた人間によって書かれた本の中でですが？」

「わたしの本は、ロボットが直面せねばならない人類の問題をあつかったかなり大きな仕事です。当然ロボット工学三原則にひっかかります」

「ニンハイマー博士」と弁護人は言った。「あなたはときどきロボット工学の専門家のような話し方をされますね。あなたは突如としてロボット工学に興味をもたれ、それに関する書物を数冊図書館から借り出された。そのような意味のことをさきほど証言されましたね？」

「一冊です。それはわたしにとっては――ああ――ごく自然な好奇心と思われるもののあらわれです」

「その本のおかげで、なぜロボットが、あなたの陳述によれば、あなたの本を改竄したかという理由を説明できるようになったわけですね？」

「そうです」

「なかなか都合のいいお話ですな。しかしロボット工学に興味をもったのは、ロボットを思いどおりに動かしたいがためではなかったと、あなたは言いきれるのですか？」

ニンハイマーの顔が赤くなった。「もちろんです！」

弁護人の声が高くなった。「改竄されたと申し立てておられる文節は、最初からそう書かれていたのではありませんか？」

社会学者は腰をうかした。「そんな――ああ――ああ――ばかな！　わたしは校正刷を――」

彼が絶句したので原告側代理人がすかさず立ちあがった。

「裁判長、わたくしは裁判長のご許可を仰ぎ、ニンハイマー博士がロボットEZ27号にあたえた校正刷およびロボットEZ27号が出版社に郵送した校正刷を証拠物件として提出したいと思います。わたくしの尊敬すべき同僚が望むならばいまここで提出いたします、なお二部の校正刷を比較検討されんがために休廷を要請されるならばわたくしはよろこんで同意いたします」

弁護人はあわてて手を振った。「その必要はありません。わが尊敬する敵手はそれらの証拠物件をいつでも提出してください。原告が申し立てている相違点はそれらによって明らかになるでしょうから。しかしながらわたしが証人について知りたく思いますのは、証人がベイカー博士の校正刷を手もとに取っておられるかどうかという点であります」

「ベイカー博士の校正刷？」ニンハイマーは眉をよせた。彼はまだ平静を取りもどしていなかった。

「そうです、教授！　ベイカー博士の校正刷です。あなたは確かベイカー博士も一部受けとったという意味のことを証言なさった。もしあなたが突如重度の記憶喪失症になられたのだとしたら、先刻のあなたの証言を書記に読みあげてもらってもよろしい。それともあなたの言われたように教授がたにはぼんやり者が多いということですか？」

「ベイカー博士の校正刷はおぼえています。しかし校正の仕事がひとたび校正機械の手に委ねられてからはあれは不必要になりましたので――」

「焼き捨てた？」

「いや。屑籠に捨てました」

「焼こうと屑籠に捨てようと――どんなちがいがありますか？　重要なのはあなたがそれを処分したということです――」

「べつに悪いことでは——」とニンハイマーは弱々しく言った。

「悪いことではない？」弁護人は大音声を張りあげた。「悪いことではない、あることを除けば、つまりある重要な校正刷について、あなたがわざわざひどい書き直しをしたご自身の校正刷の一枚とベイカー博士のなんの書きこみもない校正刷の一枚とを擦りかえたかどうかという事実をチェックする方法がまったくなくなったという点を除けばです、擦りかえられたあなたの校正刷がどのように直されていたかといえば、ロボットが余儀なく訂正せざるをえないような——」

原告側代理人が猛然と異議を申したてた。シェイン判事は身をのりだした。その丸い顔は、この人物が感じている強い憤怒を精いっぱい表わしていた。

判事は言った。「弁護人は証拠があるのですか、ただいま行なったきわめて特異な陳述に対する？」

弁護人は静かに言った。「物的証拠はないのです、裁判長。しかし公平に判断いたしましても、原告の反ロボット主義からの突然の転向といい、ロボット工学によせたにわかな関心といい、校正刷のチェックを拒否したこと、あるいは何者にもチェックさせなかったこと、本が出版された直後に著書を贈呈することを故意に怠ったこと、これらはすべて明らかに——」

「弁護人」と判事は性急に言った。「本法廷は深遠な推測を行なうための場ではありません。原告が裁判に付されているのではありません。また弁護人も原告を訴追しているのではない。このような攻撃方法は禁止します、そしてあなたが絶望に駆られてこのような挙に出たのだとすると、それはあなたの主張の説得性を弱めざるをえないことを指摘しましょう。もし弁護人に適法な質問があるならば反対尋問の続行を許します。しかし本法廷においてふたたびかような憶測にもとづく弁論は行なわぬよう警告します」

「質問はありません、裁判長」

ロバートスンは自席に戻った弁護人にはげしい語気でささやいた。「あんなことを言ってどんな得があるのかね、いったい？　判事はいまやきみの敵ではないか」

弁護人は静かに答えた。「しかしニンハイマーはすっかり動顚していますよ。これで明日の進展にそなえて段取りがつきました。彼は触れなば落ちん状態ですよ」

スーザン・キャルヴィンは重々しくうなずいた。

原告側の尋問の後半は比較的穏やかだった。ベイカー博士が召喚され、ニンハイマー博士の証言の大半を裏づける証言を行なった。スパイデル、イペイティーフ両博士が召喚され、ニンハイマー博士の著書のある箇所に対する彼らの衝撃と狼狽についてきわめて感動的な陳述を行なった。両証人はニンハイマー博士の学者としての名声はいちじるしく損われたという専門的所見を述べた。

校正刷と出来あがった本が一部、証拠として提出された。

弁護人の反対尋問はその日はなかった。原告側の証人調べは終わり、公判は翌朝にもちこされた。

弁護人は二日目の弁論の冒頭で初の申請を行なった。彼はロボットEZ27号を傍聴人として出廷させることの許可を要請した。

原告側がただちに異議を申したてたので、シェイン判事は両者を判事席へ呼んだ。

原告側代理人はいきりたった。「これは明らかに違法です。ロボットは一般大衆によって用いられる建造物の中へ立ち入ることは禁止されています」

「本法廷は」と弁護人が言った。「本件の直接の関係者以外の立入りが禁止されています」

「すでにとっぴな行動をしている機械が出廷することは、わたしの依頼人と証人を動揺させますよ！　審理の進行を収拾のつかぬものにしてしまいます」

判事は原告側の意見に同調するかにみえた。彼は弁護人をかえりみて、冷淡と思われる口調で訊いた。「申請の理由は？」

「ロボットEZ27号は構造上からいって、先ほどから言われているような行動をとることは不可能であるというのがわれわれの主張です。いくつかの実例を示す必要があります」

原告側代理人は言った。「わたしには論点がわかりません、裁判長。USロボット社の社員によって行なわれる立証は、USロボット社が被告であるとき証拠としては妥当ではありません」

「裁判長」と弁護人は言った。「証拠の妥当性は裁判長がお決めになることで、原告側代理人ではありません。少なくともわたしはそう諒解しております」

自己の特権を侵害されたシェイン判事はこう言った。「あなたの見解は正しい。しかしロボットが出廷することは重大な法律問題を惹起《じやつき》すると思うが」

「もちろん裁判長、それについては何者も正義の求めるものを無視することは許さるべきではありません。もしロボットが出廷できないとなると、われわれは唯一の弁論の機会を妨げられることになります」

判事は思案した。「ロボットをここへ運んでくる問題がある」

「それはUSロボット社がしばしば直面してきた問題です。わたしどもはロボット輸送規制法に従って製作されたトラックを法廷の外に待機させております。ロボットEZ27号はコンテナに入れられており警備員二名が付き添っています。トラックに通じるドアは、すべて警備を固めております。その他万全の警備態勢をとっております」

「この問題についての裁決が」とシェインはふたたび気むずかしい顔になって、「あなたがたに有利と見ているようだが」

「とんでもありません、裁判長。もしだめならトラックを帰すだけです。裁判長の裁決をこうと決めてかかるようなことはいたしません」

　判事はうなずいた。「弁護人の要請を認めます」

　コンテナが大きな台車に乗せられて運びこまれ、二人の警備員がそれを開けた。法廷はしんと静まりかえった。

　スーザン・キャルヴィンは厚いセルフォームの板がはずされるのを待ち、やおら片手をさしのべた。「いらっしゃい、イージィ」

　ロボットは彼女のほうを見て大きな金属の手をさしのべた。背丈は彼女より二フィートも高いが、母親に手を引かれる子供のようにおとなしく後に従った。だれかがくすくすと神経質な笑い声をたてたが、キャルヴィン博士の一睨みでぴたりとやんだ。

　イージィは廷吏が運んできた大きな椅子に用心深くすわった。椅子はぎいっときしんだが壊れはしなかった。

　弁護人が言った。「裁判長、必要とあらばわれわれはこれがじっさいのロボットEZ27号、すなわち本件がかかわりをもつ期間中ノースイースタン大学に雇われておりましたところのロボットであることを立証いたします」

「なるほど」と裁判長は言った。「それは必要でしょう。わたしとしては、ロボットをいかにして見わけるのか見当もつかない」

「では、最初の証人を喚問したいと思います。サイモン・ニンハイマー教授をどうぞ」

書記は躊躇して判事を見た。シェイン判事は驚きをあらわにして訊いた。「原告を証人として喚問するのですか?」

「はい、裁判長」

「原告があなたの証人であるかぎり、原告側の証人に反対尋問する場合に行使できる自由はいっさい許されないことは承知しているでしょうね」

弁護人はよどみなく答えた。「この場合わたしの唯一の目的は真実に到達することであります。二、三、丁重なる質問をするだけであります」

「では」と、判事はなおも疑わしそうに、「本件はあなたに委ねます。証人を喚問しなさい」

ニンハイマーは証言席に着席し、なお宣誓のもとにあることを告げられた。前日より落ち着きがなく、不安の色が見えた。

だが弁護人は穏やかなまなざしで彼を見た。

「さて、ニンハイマー教授、あなたはわたしの依頼人に対して七十五万ドルの損害賠償の訴訟を起こされましたね」

「たしか――ああ――その金額です。はい」

「莫大な金額ですね」

「わたしは莫大な痛手をこうむりました」

「それほどではないでしょう。問題の物件はあなたの著書のほんの数節にすぎない。おそらく不運な誤りだったのでしょうが、しかし書物には往々にして奇妙な誤りが見つかるものです」

ニンハイマーの鼻孔がふくらんだ。「弁護士さん、あの本はわたしの学者としての生涯の頂点となるべきものでした！　しかるにあれはわたしを無能な学者、わたしの尊敬する友人や同僚の見解をねじまげた者、そして愚かしい――ああ――時世遅れの見解の信奉者として印象づけてしまった。わたしの信用は完膚なきまでに叩きのめされた！　本公判の結果のいかんにかかわらず、わたしはいかなる――ああ――学者の会合においてももはや頭をあげることができない。これ以上学究生活を継続することはできない、それはわたしの生活のすべてだったのに。わたしの人生の目的は――ああ――流産し息絶えたのです」

弁護人は彼の陳述を妨げようとはせず、ぼんやりと指の爪を眺めている。

弁護人はよどみなく言った。「しかしですね、ニンハイマー教授、あなたの現在のお年では、今後の生活から得られる収入は――多めに見積もっても――せいぜい十五万ドルどまりではないかと思いますが。ところがあなたはその五倍に匹敵する巨額な金額を要求しておられる」

ニンハイマーは、なおいっそうの感情の昂ぶりを示した。「わたしの名が卑しめられるのは、わたし一代かぎりではないのですぞ。この先、何世代にもわたって社会学者たちからわたしは――ああ――痴《うつ》けた狂人よと後ろ指さされることになるのですぞ。わたしのこれまでの業績は埋もれ無視されるでしょう。わたしが死ぬその日まで、いや、その先も永遠に卑しめられねばならないのです、なぜならロボットが改竄をしたのだということを信じない人々がいるでしょうから――」

ロボットEZ27号が立ちあがったのはまさにこのときだった。スーザン・キャルヴィンはそれを妨げようとはしなかった。身じろぎもせずまっすぐ正面を凝視している。弁護人が軽い吐息をついた。

イージィのリズミカルな声がはっきりとひびきわたった。「わたしは最初あそこにありましたものとは相異なると思われる校正刷に、ある数節を挿入したことをみなさんに説明したいと思います」

原告側代理人ですら、身の丈七フィートのロボットが立ちあがり法廷で陳述をはじめた光景にどぎもをぬかれ、この明らかな違法行為を制止するよう命令することも忘れていた。原告側代理人が正気をとりもどしたときはすでに遅かった。証言席のニンハイマーが、顔面をひきつらせて立ちあがった。

彼は大声でどなった。「こいつ、黙っていろと命令されたはずだ、あのことは――」

彼はあっと息をのんで絶句し、イージィもまた沈黙した。

原告側代理人はようやく立ちあがり審理無効の宣告を要請した。

シェイン判事は木槌をはげしく打ちおろした。「静粛に！　静粛に！　審理無効を宣告する理由は充分にあります、しかし公平を期すために、ニンハイマー教授にただいまの陳述を続けることを希望します。ロボットがあることについて黙秘するように命令されたはずだと、教授がロボットに言うのをわたしははっきりと聞きました。あなたの証言では、ニンハイマー教授、ロボットになにかを黙秘するよう命令を下したことについてはなにも触れられておりませんが」

ニンハイマーは無言で判事を凝視した。

シェイン判事は言った。「あなたはロボットEZ27号になにかを黙秘するようにと命じたのですか？　もし命じたとしたら、なにについてですか？」

「裁判長――」とニンハイマーは嗄《しゃが》れ声で言いかけたが、その先を続けることができなかった。

判事の声は鋭くなった。

「あなたはロボットに、問題の一節を校正刷に挿入するように命じ、それについてあなたがしたことについては黙っているようにと命じたのですか？」

原告側代理人がはげしく異議を申し立てたが、ニンハイマーはそれをさえぎるように大声で叫んだ。「ああ、そんなことをしてなんになる？　はい！　そうです！」彼は証言席から駈けおりた。だが扉の前で廷吏にはばまれ、傍聴人席の一番うしろの椅子にくずおれるようにすわりこみ、両手に顔を埋めた。

シェイン判事は言った。「ロボットEZ27号が卑劣な小細工として持ちこまれたことは明らかです。この小細工が、重大な誤審を防ぐ役に立ったという事実がなければ、弁護人の行為は唾棄すべきものと言いたいところですが。原告が、詐欺的行為を犯したということは疑いもなく明らかであります、しかしわたしにとってはなはだ不可解なのは、原告は、その結果としておのれの学者としての生命が葬りさられることを承知しながら、なぜ――」

判決はむろん被告側の勝利だった。

スーザン・キャルヴィン博士は、ノースイースタン大学の独身寮を訪れた。車を運転してきた若いエンジニアがお伴すると言ったが、彼女は非難がましい目で彼を見た。「彼がわたしを襲うとでも思うの？　ここで待っていなさい」

ニンハイマーは人を襲うような気分ではなかった。敗訴の結果が公けになる前に一刻も早くここを立ちのこうと荷造りに余念がなかった。

彼はおかしなほど傲慢な態度でキャルヴィンに接した。「訴訟を起こすと通告しにきたんですか？　それなら無駄です。わたしにはもはや金も仕事も将来もない。訴訟の費用を支払うことすらできませんよ」

「同情をお求めになるなら」とキャルヴィン博士はひややかに言った。

「お門違《かどちが》いね。身から出た錆ですよ。でもあなたにしろ大学にしろ訴えるつもりはありません。あなたが偽証罪で刑務所へ送られることのないように、わたしどももできるだけのことはするつもりです。わたしどもは復讐するつもりはありませんからね」

「ああ、それでわたしは偽証罪で拘留されなかったんですね？　不思議に思っていた。しかし」と彼は苦々しげに、「なぜあなたがたが復讐する必要があるんですか？　欲しいものは手に入れたろうに」

「欲しいものの一部はね」とキャルヴィンは言った。「大学は前よりはるかに高いリース料でイージィを雇ってくれるでしょうね。それにこんどの訴訟が隠れた宣伝になって、さらなるEZモデルをこうした悶着をくりかえすことなくほかの研究機関に送りこむことができるでしょう」

「じゃあなぜわたしに会いに来たんです？」

「欲しいもののすべてが手に入ったのではないからです。なぜあなたがあれほどロボットを憎んでおられたかわたしはその理由を知りたいのです。訴訟に勝ってもあなたの名声は傷ついたでしょう。たとえお金が手に入ったとしても、お金ではとうてい償えはしなかったでしょう。ロボットに対するあなたの憎悪が、あなたにあんなことをさせたのですか？」

「人間の心理にも興味がおありなんですかね、キャルヴィン博士」とニンハイマーは嘲笑うように言った。

「人間の反応がロボットの幸福に影響を及ぼすかぎりにおいては、ありますね。そのために人間の心理学も少々学びましたから」

「わたしに一杯くわせるくらいはね」

「あれは難しいことじゃありませんよ」とキャルヴィンはもったいぶらずに言った。「難しいといえば、イージィに危害をあたえないようにすることでした」

「人間より機械のほうが大事とはいかにもあんたらしい」彼は痛烈な侮蔑をこめて彼女を見つめた。

彼女は動じない。「単にそう見えるだけですよ、ニンハイマー博士。二十一世紀の人間のことをほんとうに心配するなら、まずロボットのことを心配しなければ。あなたがロボット工学者ならおわかりになるんですが」

「ロボット工学の本はたくさん読んだが、ロボット工学者だけにはなりたくないとつくづく思いましたね！」

「おや、ロボット工学の本は、一、一冊しかお読みにならなかったんでしょう。あんなものはあなたになにも教えてはくれませんよ。あなたは、ロボットにいろいろなこと、たとえば本を改竄するようなことも、適宜に命令をあたえればできるのだということはおわかりになった。人に知られぬように、あることをまったく忘れろとロボットに命令することは不可能であるけれども、ただ黙っていろと命令することは容易にできるとお思いになった。それは間違いでした」

「あんたは彼の沈黙から真実を推測したのだな」

「推測ではありません。あなたはしろうとでいらっしゃるから、ご自分の意図を完全に隠すことができなかった。わたしの唯一の問題は事実を判事に証明することでした、あなたは、ご親切にもわたしどもを助けてくださいましたね、軽蔑なさったロボット工学の無知のために」

「こんな議論になんの意味があるのかね？」とニンハイマーはうんざりしたように言った。

「わたしのほうにはあります」とスーザン・キャルヴィンは言った。「あなたがロボットというものをまったく誤解していらっしゃることをわかっていただきたいからです。あなたはイージィに、自分があの本を改竄したことをおまえが人に喋ったら、自分は仕事を失うだろうといって彼を沈黙させた。それはイージィのあるポテンシャルを沈黙の方向に設定した、それを破ろうとするわれわれの努力に拮抗するほど充分な力をもつポテンシャルを。われわれがあくまで押し通していれば彼の頭脳は壊れていたでしょう。

ところが証言席のあなたはご自分でより高いカウンター・ポテンシャルを設定してしまった。あなたはこう言われた、あの本の問題の箇所を挿入したのは、ロボットではなく自分だと世間の人は思うだろうから、自分は仕事ばかりかもっと大切なものを失うだろうと。名声や地位や尊敬や人生の目的を失うだろうと。自分の死後、自分の名は人々の記憶から失われてしまうだろうと言われた。こうしてより高いポテンシャルを、あなたご自身の手で設定された——それでイージィは喋ったのです」

「おお、なんということだ」ニンハイマーは顔をそむけた。

キャルヴィンは容赦しなかった。「なぜ彼が喋ったかおわかりですか。あなたを告発するためではなく、あなたを弁護するために喋ったんです！　彼があなたの罪をかぶろうとしたこと、あなたはあれに関係ないのだと否定しようとしていたことは数値的に示すことができます。ロボット工学三原則の第一条がそうすることを要求したのです。そのために彼は嘘をつき——自分を破滅させ——会社に金銭的な損害をあたえることを辞さなかった。それらはあなたを救うという行為に比べれば価値の低いものだったからです。もしあなたがほんとうにロボットとロボット工学を理解なさっていれば、彼に喋らせておいたでしょう。だがあなたはわたしが考えていたとおり理解しておられなかった。わたしにはその確信があったので、弁護人にもそう請けあったのです。あなたはロボットへの憎悪に目がくらみ、イージィが人間のように行動し、あなたを犠牲にしても自分を弁護するのだろうと考えた。そこであなたは恐怖のあまり彼をどなりつけ——あなた自身を破滅させてしまった」

ニンハイマーは憎しみをこめて言った。「いつの日かあんたのロボットがあんたに刃むかい、あんたを殺せばいい」

「ばかなことをおっしゃるものではありませんよ」とキャルヴィンは言った。「さあこんどはなぜあなたがあんなことをなさったのかうかがいましょう」

ニンハイマーはぞっとするような歪んだ笑いをうかべた。「あんたの知的好奇心のために、偽証の告訴を免除してもらったお礼に、わたしの心を解剖してみせるのかね？」

「なんとでもおっしゃってください」とキャルヴィンは無表情に言った。「でも説明してください」

「そうすれば将来アンチ・ロボット攻勢に対してうまく立ちまわれるというわけかな？いっそうの理解をもって？」

「認めましょう」

「それでは」とニンハイマーは言った。「いいかね――ただ観察するだけじゃなんの役にもたたないのだ。あんたには人間の心理なんか理解できないのだ。あの忌々しい機械しか理解できないのだ、なぜならあんたは皮をかぶった機械なんだから」彼は息をはずませ、喋り方にはなんのためらいもなく、正確を期そうという努力もはらわれなかった。まるで今後いっさい正確さとは縁を切ったとでも言いたげだった。

彼は言った。「二百五十年のあいだに機械は人間にとってかわって職人というものを滅ぼしてしまった。陶器は鋳型やプレスから吐きだされる、芸術品はどれもこれも同じ型板から抜きだされる安ぴかものだ。これを進歩と呼びたけりゃ呼ぶがいい、芸術家は抽象の世界、アイディアの世界に閉じこめられてしまった。彼らは頭の中でデザインをする――するとあとは機械がいっさいやってくれるんだ。

陶工が頭の中の作品だけで満足すると思うのか？　アイディアだけで充分だと思うのか？　陶土の手ざわりとか、頭と手がいっしょになって作品が出来あがっていくのを見守るというようなことになんの意味もないというのか？　そういう過程がアイディアを修正したり改良したりするフィードバックとして役立たないというのか？」

「あなたは陶工じゃありませんよ」とキャルヴィン博士は言った。

「わたしは創造する芸術家だ。わたしは論文や書物をデザインし製作する。言葉を選んだり正しい順序に並べたりするだけじゃない。もしそれだけだったらなんの愉しみもない、なんの見返りもない。

書物というものは著者の手で造型されるべきものだ。一章、一章が育っていき、成長していく過程を自分の目で見守るべきだ。くりかえし手を入れながら、最初の概念を超えたものに変化していくさまを見守るべきだ。校正刷を手にとり、活字となった文章がどのように見えるかを眺めながら練りなおしていくべきだ。人間とその仕事とのあいだには、そのゲームのあらゆる段階でおびただしい接触が行なわれる――その接触自体が愉しみであり、創造したものに対するなによりの報いなのだ。あんたのロボットはそうしたものをみんな奪ってしまうんだ」

「タイプライターだって同じじゃありませんか。印刷機だってそう。あなたは大昔の写本の彩飾でも復活させたいんですか？」

「タイプライターや印刷機の奪うものはたかがしれている、だがあんたのロボットはわれわれからいっさいがっさい奪ってしまうんだ。あんたのロボットは校正刷まで奪ってしまう。いまにほかのロボットどもが、レポートを書いたり、出典を探したり、文章を推敲したり、結論を演繹したり、そんなことまでみんなやってのけるようになるだろう。学者にとってあとになにが残るだろう？　ひとつだけ残っているな――ロボットに次になにをあたえるかという空疎な決定だ！　わたしは学界の未来の世代をそういう究極の地獄から救いたかったのだ。それはわたしにとって、自分の名声より重要なことだった、だからこそいかなる手段を用いてもUSロボット社を破滅させようとした」

「失敗することはわかっていたのに」とスーザン・キャルヴィンは言った。

「やらねばならなかったのだ」とサイモン・ニンハイマーは言った。

キャルヴィンは背を向け立ち去った。彼女はこの失意の人物に対して痛いような同情を感じまいと最善の努力をつくした。

だが、それはうまくいかなかった。

本書は一九八四年八月にハヤカワ文庫ＳＦより刊行された『ロボットの時代』の訳文に手を加えて決定版としたものです。

ロボットから人間に

SF評論家
水　鏡　子

ほとんどの人々は、年齢に関係なく、アクション以外のものを受けつけない。テレビの人気冒険番組を観て、そこからアクションを引いたら何が残るかを考えてみればいい。そういう番組を観ているのはほとんどが大人なのだ。

他方、わたしの小説には「アクション」がほとんどない（だから映画化されない）。思索的な会話の応酬でアイデアの相互作用を描く場面が大部分だ。

（「若者大歓迎」嶋田洋一訳／『ゴールド―黄金―』収録）

やっかみまじりにアシモフ御大みずからが、のたまった自分の作風。そんな特徴をもっとも端的にあらわした代表作といえば、これはもう『われはロボット』だろう。ところがなんとこのアシモフの古典的名作をもとにした「アイ，ロボット」という〈アクションS

F映画〉が公開されるというのだから、世の中なにが起こるかわからない。アシモフ博士としてみても草葉の陰で微苦笑を禁じえないにちがいない。生きていればどんなコメントがいただけたか思い巡らすのも一興である。

映画の方は未見だけれど、ともあれおかげで発表から半世紀を経た名作に新たなスポットライトがあてられた。『われはロボット』『ロボットの時代』にリニューアルの機会が与えられたということに、すなおに感謝の意をあらわしたい。

しばらく前、あるSFの集まりでロボット研究者の講演を聞く機会があった。いろいろ面白い話を聞いたけれども、なかでも、ロボットを実際に日常で役に立つかたちにするには、日常性のなかでロボットが自在に動けるよう施設や道路などの社会的インフラを整備していく必要があり、それはすなわち障害者や中高年の人たちが暮らしやすいバリアフリーな社会に変えていくことになる、といった話が印象に残った。障害者や中高年の人のためでなく、ロボット産業の育成が結果的にバリアフリーを進展させる可能性があるという、本末転倒の論理にぞくぞくするスリルを感じた。

ロボットをめぐる物語には、こんなアイロニーとパラドックスがついてまわる気がする。人間や自然の模倣として設定されたはずのものが、模倣された存在を注視していく過程において、いつしか原存在たる人間の抱える問題のモデルとして物語化していく。

「この宇宙にはすさまじく冷たいものたちが存在しており、それらにわたしは〝機械〟という名を与えました」とロボットを異物、人間にあらざるものと峻別するのはフィリップ・K・ディック。冷酷な機械が人間を狩り立てる物語のはずが、いつしか人間だと信じこんでいたロボットや、自分がじつはロボットではないかと疑いはじめる人間たちをくりかえし登場させながら、〝シミュラクラ〟という概念を深化させていく。

逆にアシモフはロボットに人間の友としての役割を、理想の人間像を見出していく。少女グローリアと子守りロボットのロビイの交流と奇跡を描いたロボットものの第一作「ロビイ」でつかんだ感触をアシモフは終生忘れなかったように思える。ロボットの持つ〝危険性〟についてさまざまに検証を加えながら、なお、ロビイとグローリアの関係が人間社会の規範となることを願いつづけることがアシモフの祈りにも似た思いだったのではなかったかということが、今回アシモフのロボットものを読みながらあらたに感じたことだった。最初に紹介したように理屈っぽさを売りにしているアシモフだが、じつはその底流には、つねに暖かい人間らしさへの希求がある。「停滞空間」や「スト破り」、本書で言えば「校正」(この作品はアシモフのロボットものの中でも白眉のひとつだ)などの暖かみは、彼がいつまでも読者から愛されつづける所以だろう。

ひとつ指摘をしておきたい。『われはロボット』に代表されるUSロボット株式会社の物語のなかで、アシモフはロボットをついに労働生産現場に導入しない。ロボットの活躍の場は宇宙開発の最先端や国家政策の場であったりと、特殊技能を発揮できるところに限られている。確信犯である。温和な容貌の背後に硬骨漢がいる。

『われはロボット』と『ロボットの時代』の後続作で、アシモフのロボットものは微妙に変化する。

『われはロボット』は〈ロボット工学の三原則〉がさまざまな状況下で、いろんな矛盾を生じつつ、トラブルを解消しながら、ロボットと共存するユートピアへと世界が生まれ変わっていく様を綴った未来史連作である。それぞれの謎は〈三原則〉を用いてロボットの行為の理由を解き明かすことで解決された。

それが『ロボットの時代』になると変わってくる。本書で解かれるべき謎とは、〈三原則〉を利用して、自分たちの望みを果たそうとする人間たちの動機である。それはロボットの存在する世界に生きていく人間たちの物語であり、それゆえに人間にとってロボットと共存していくことの意味が問い返されることになる。そして作品は〝知的な〟ロジック・ストーリイから、「ロビイ」と同じ〝センチメンタルな〟人間たちの物語へと傾いていく。このアシモフのロボット・ストーリイの両面はやがてみごとにとけあって、芸術を理解し人間になることを望んだロボットの話「二百周年を迎えた男（バイセンテニアル・マン）」に結実する。最後の作品集『ゴールド―黄金―』収録の「キャル」にいたっては作家になりたくてロボット三原則を蹴とばすロボットまで出現する。「校正」のニンハイマー教授の危惧は正しかったといえるかもしれない。

アシモフにとってロボットを語ることは人間のあるべき姿を語ることであったと思う。一面的で理想的にすぎるところはあるけれど、一面的で理想的であるからこその魅力というのがそこにある。わずか四十篇足らずの作品数にもかかわらず、アシモフのロボット、ロボットのアシモフと冠される支持の底にはそれがある。

アシモフのロボットものの短篇集は全部で四冊半ある。

意外と知られていないのが七六年刊行の『聖者の行進』（創元SF文庫）。『われはロボット』『ロボットの時代』のあと、ぽつりぽつりと書かれたロボットものの力作を中心に据えた短篇集である。ロボットものだけでは量が足りないので単なるアシモフ短篇集のひとつになってしまっているのが惜しい。半冊と数えた所以である。

本国でもそういうことを思った人がいたのだろう。八二年にこの三冊のロボットものに、コンピュータもの、新作短篇、計三十一篇を網羅した *The Complete Robot* が出版された。さらに九〇年にはロボット・テーマの小説十八篇とエッセイ十六篇からなる短篇集 *Robot Visions* が出版されている。*The Complete Robot* に入っていない作品も三篇収録されている。

SF名作選

泰平ヨンの航星日記〔改訳版〕
スタニスワフ・レム／深見弾・大野典宏訳

東欧SFの巨星が語る、宇宙を旅する泰平ヨンが出会う奇想天外珍無類の出来事の数々！

泰平ヨンの未来学会議〔改訳版〕
スタニスワフ・レム／深見弾・大野典宏訳

未来学会議に出席した泰平ヨンは、奇妙な未来世界に紛れ込む。異色のユートピアＳＦ！

ソラリス
スタニスワフ・レム／沼野充義訳

意思を持つ海「ソラリス」とのコンタクトは可能か？　知の巨人が世界に問いかけた名作

地球の長い午後
ブライアン・W・オールディス／伊藤典夫訳

遠い未来、人類は支配者たる植物のかげで生きのびていた……。圧倒的想像力広がる名作

ノーストリリア
〈人類補完機構〉
コードウェイナー・スミス／浅倉久志訳

地球を買った惑星ノーストリリア出身の少年が出会う真実の愛と波瀾万丈の冒険を描く

カート・ヴォネガット

タイタンの妖女
浅倉久志訳
富も記憶も奪われ、太陽系を流浪させられるコンスタントと人類の究極の運命とは……？

プレイヤー・ピアノ
浅倉久志訳
すべての生産手段が自動化された世界を舞台に、現代文明の行方を描きだす傑作処女長篇

母なる夜
飛田茂雄訳
巨匠が自伝形式で描く、第二次大戦中にヒトラーを擁護した一人の知識人の内なる肖像。

猫のゆりかご
伊藤典夫訳
シニカルなユーモアにみちた文章で描かれる奇妙な登場人物たちが綾なす世界の終末劇。

スローターハウス5
伊藤典夫訳
主人公ビリーが経験する、けいれん的時間旅行を軸に、明らかにされる歴史のアイロニー

フィリップ・K・ディック

アンドロイドは電気羊の夢を見るか？
浅倉久志訳

火星から逃亡したアンドロイド狩りがはじまった……映画『ブレードランナー』の原作。

〈ヒューゴー賞受賞〉
高い城の男
浅倉久志訳

第二次大戦から十五年、現実とは逆にアメリカの勝利した世界を描く奇妙な小説が……!?

スキャナー・ダークリー
浅倉久志訳

麻薬課のおとり捜査官アークターは自分の監視を命じられるが……。新訳版。映画化原作

〈キャンベル記念賞受賞〉
流れよわが涙、と警官は言った
友枝康子訳

ある朝を境に〝無名の人〟になっていたスーパースター、タヴァナーのたどる悪夢の旅。

火星のタイム・スリップ
小尾芙佐訳

火星植民地の権力者アーニイは過去を改変しようとするが、そこには恐るべき陥穽が……

グレッグ・イーガン

〈キャンベル記念賞受賞〉
順列都市〔上〕〔下〕
山岸 真訳
並行世界に作られた仮想都市を襲う危機……電脳空間の驚異と無限の可能性を描いた長篇

〈ヒューゴー賞／ローカス賞受賞〉
祈りの海
山岸 真編・訳
仮想環境における意識から、異様な未来までヴァラエティにとむ十一篇を収録した傑作集

〈ローカス賞受賞〉
しあわせの理由
山岸 真編・訳
人工的に感情を操作する意味を問う表題作のほか、現代ＳＦの最先端をいく傑作九篇収録

ディアスポラ
山岸 真訳
遠未来、ソフトウェア化された人類は、銀河の危機にさいして壮大な計画をもくろむが⁉

ひとりっ子
山岸 真編・訳
ナノテク、量子論など最先端の科学理論を用い、論理を極限まで突き詰めた作品群を収録

訳者略歴　1955年津田塾大学英文科卒，英米文学翻訳家　訳書『アルジャーノンに花束を』キイス，『闇の左手』ル・グィン，『火星のタイム・スリップ』ディック（以上早川書房刊）他多数

HM=Hayakawa Mystery
SF=Science Fiction
JA=Japanese Author
NV=Novel
NF=Nonfiction
FT=Fantasy

ロボットの時代《じだい》
〔決定版〕

〈SF1486〉

二〇〇四年八月十五日　発行
二〇一八年二月十五日　四刷

（定価はカバーに表示してあります）

著　者　アイザック・アシモフ
訳　者　小《お》尾《び》芙《ふ》佐《さ》
発行者　早川　浩
発行所　株式会社　早川書房

郵便番号　一〇一‐〇〇四六
東京都千代田区神田多町二ノ二
電話　〇三‐三二五二‐三一一一（大代表）
振替　〇〇一六〇‐三‐四七七九九
http://www.hayakawa-online.co.jp

乱丁・落丁本は小社制作部宛お送り下さい。
送料小社負担にてお取りかえいたします。

印刷・三松堂株式会社　製本・株式会社明光社
Printed and bound in Japan
ISBN978-4-15-011486-2 C0197

本書は活字が大きく読みやすい〈トールサイズ〉です。